HISTORIAS DE LA ARTÁMILA

ANA MARÍA MATUTE

HISTORIAS DE LA ARTÁMILA

EASY READERS
ER
LECTURAS FACILES

Esta edición, cuyo vocabulario se ha elegido entre las palabras españolas más usadas (según CENTRALA ORDFÖRRÅDET I SPANSKAN de Gorosch, Pontoppidan-Sjövall y el VOCABULARIO BÁSICO de Arias, Pallares, Alegre), ha sido resumida y simplificada para satisfacer las necesidades de los estudiantes de español con unos conocimientos un tanto avanzados del idioma.

Edición a cargo de: Berta Pallares
Ilustraciones: Per Illum

ISBN Dinamarca 87-429-7744-4

Impreso en Dinamarca por
Sangill Bogtryk & offset, Holme Olstrup

ANA MARÍA MATUTE
(n. Barcelona, 1926)

Es una de las figuras más destacadas en la novelística española de la segunda generación de postguerra (guerra civil española de 1936-39). Como todos los escritores de su generación ha escrito novelas y relatos breves. Su prosa es siempre flexible, delicada y de gran belleza. Sus personajes están tratados siempre con gran humanidad y ternura. En 1959 obtuvo el Premio Nacional de Literatura con su libro *Los hijos muertos* y en 1960 el Premio Nadal con su novela *Primera memoria.* Sin embargo su nombre era conocido desde 1947, en que su novela *Los Abel* quedó muy destacada en el Premio Nadal de aquel año.

En 1961 publicó *Historias de la Artámila* del que hemos seleccionado algunas narraciones. La acción de todos los relatos tiene lugar en La Artámila, región imaginaria cuyos rasgos coinciden con los de los valles de Logroño, donde, según el libro, está La Artámila. Es un libro de vuelta a la infancia y lo que se nos cuenta en el libro está visto por los ojos de una niña, la protagonista en cierta manera. Ana María Matute se ha preocupado en repetidas ocasiones del mundo de los niños. Sus niños son normales, pero siempre tienen algo de misterioso, son niños que se mueven en cierta manera solitarios y perdidos en el mundo de los mayores. La humanidad que pasa por las páginas de este libro es una humanidad muy real y refleja bien una parte de la vida española del campo en los años en que apareció el libro, y en años posteriores.

La obra de Ana María Matute es muy extensa y en ella predomina el tema de la soledad o incomunicación entre las almas, el amor y el odio y una mirada llena de ternura hacia todos los seres que en una manera no podemos decir que son desgraciados, pero tampoco felices.

Otras obras: *Fiesta al noroeste* (1953), *En esta tierra* (1955), *Los niños tontos* (1957), *El tiempo* (1957), *El río* (1963), *Los soldados lloran de noche* (1964), *El polizón del Ulises* (1965) que obtuvo el Premio Lazarillo, *La trampa* (1969).

ÍNDICE

DON *PAYASITO*

En la *finca* del abuelo, entre los que trabajaban en ella, había uno muy viejo llamado Lucas de la Pedrería. Este Lucas de la Pedrería, decían todos que era un pícaro, pero mi abuelo le quería mucho y siempre contaba cosas suyas de hacía mucho tiempo:

– Corrió mucho mundo -decía-. Se arruinó siempre. Estuvo también en las islas de Java . . .

Las cosas de Lucas de la Pedrería hacían reir a las personas mayores. No a nosotros, los niños. Porque Lucas era el ser más *extraordinario* de la tierra. Mi hermano y yo sentíamos hacia él amor, admiración y temor, que nunca hemos vuelto a sentir. Lucas de la Pedrería habitaba la úl-

---

Payasito, dim. de *payaso*
finca, propiedad, aquí, de tierras de cultivo.
extraordinario, que sale de lo común.

tima de las *barracas* ya cerca de los bosques del abuelo. Vivía solo, y él mismo cocinaba sus comidas de carne, cebollas y patatas, de las que a veces nos daba con su cuchara de hueso. Él se lavaba también su ropa en el río. Era tan viejo que decía que había perdido el último año y no lo podía encontrar. Siempre que podíamos nos íbamos a la casita de Lucas de la Pedrería, porque nadie, hasta entonces, nos había hablado de las cosas que él nos hablaba.

– ¡Lucas, Lucas! – le llamábamos, cuando no le veíamos sentado a la puerta de su barraca.

Él nos miraba. El pelo, muy blanco, le caía sobre la frente. Era *menudo, encorvado* y hablaba casi siempre en verso. Unos versos extraños, que a veces no parecían versos, pero que a nosotros nos parecían algo muy hermoso:

– Ojitos de *farolito* – decía – ¿Qué me venís a buscar...?

Nosotros nos acercábamos despacio, llenos de aquel dulce temor que sentíamos siempre a su lado (como rodeados de *mariposas* negras, de viento, de las luces verdes que huían sobre la tierra del cementerio . . .)

– Queremos ver a don Payasito . . . – decíamos, en voz baja, para que nadie nos oyera. Nadie que no fuera él, muestro *mago*. Él se ponía el dedo, oscuro y como un cigarro *a través* sobre los labios:

– ¡A callar, a bajar la voz, muchachitos *malvados* de la isla del mal!

---

barraca, aquí, casa pobre.
menudo, pequeño y delgado.
encorvado, con el cuerpo doblado hacia adelante, por la edad.
mago, personaje que realiza hechos maravillosos.
a través, en posición que se aparta de la de los labios.
malvado, aquí, muy malo; se dice de la persona que puede causar mucho mal a los demás.

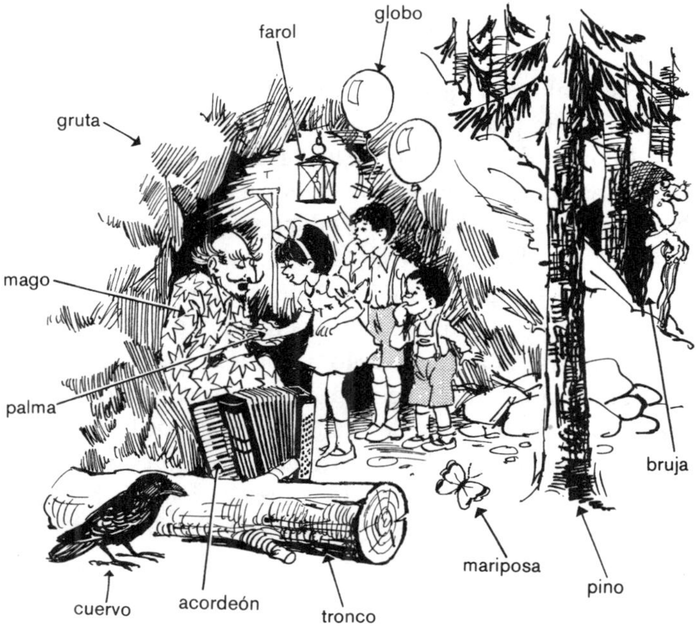

Siempre nos llamaba «muchachitos malvados de la isla del mal» Y esto nos llenaba de placer. Y decía: «Malos, pecadores, *cuervecillos*», para referirse a nosotros. Y sentíamos dentro de nosotros algo, algo se nos *hinchaba* en el pecho como un *globo* de colores.

Lucas de la Pedrería se sentaba y nos pedía las manos:

– Acá vuestras manos, para adivinaros todito el corazón . . .

Tendíamos las manos, con las *palmas* hacia arriba. Y el corazón golpeaba fuerte dentro del pecho. Como si real-

---

cuervecillo, dim. de *cuervo*
hinchar, hacer que algo aumente llenándolo de aire. Aquí fig.

mente allí, en las manos, nos lo pudiera ver: temblando, riendo.

– Acercaba sus ojos y las miraba y remiraba, por la palma, por la parte de arriba y decía:

– Manitas de *cayado,* ¡ay de las tus manitas, *cuitado*...!

Así iba cantando y escupía en el suelo algunas veces. Nosotros nos mordíamos los labios para no reir.

– ¡Tú has dicho mentiras tres veces seguidas, como San Pedro! – le decía a mi hermano. Mi hermano se ponía colorado y se callaba. Tal vez era verdad, tal vez no. Pero, ¿quién iba a discutírselo a Lucas de la Pedrería?

– Tú, *golosa,* corazón egoista, escondiste *pepitas* de oro en el fondo del río, como los malos *pescadores* de la isla de Java... Siempre hablaba de los malos pescadores de la isla de Java. Yo también callaba, porque ¿quién sabía si realmente había yo escondido pepitas de oro en el fondo del río? ¿Podría yo decir que no era verdad? Yo no podía, no.

pepita (de oro)

– Por favor, por favor, Lucas, queremos ver a don Payasito...

Lucas se quedaba pensativo, y al fin decía:

– ¡Saltad y corred, diablos, que allá va don Payasito, camino de la *gruta*...! ¡Ay de vosotros, ay de vosotros, si no le alcanzáis a tiempo!

---

cayado, ver ilustración en página 7.
cuitado, triste, desgraciado.
golosa, persona a quien gustan las cosas dulces.
pescador, el que coge peces (= pescados) en el mar o en los ríos.
gruta, ver ilustración en página 9.

Corríamos mi hermano y yo hacia el bosque. Y en cuanto entrábamos en el bosque, por entre los *troncos,* nos rodeaba el silencio, las altas estrellas del sol atravesando las ramas de los árboles. Corríamos sobre las piedras y allí arriba estaba la gruta de don Payasito, el amigo secreto.

Llegábamos a la boca de la gruta. Nos sentábamos, con todo el *latido* de la sangre en la garganta. La cara nos ardía y nos llevábamos las manos al pecho para sentir el corazón.

Al poco rato aparecía don Payasito. Venía envuelto en su *capa* roja con soles amarillos. Llevaba un sombrero muy alto de color azul, el pelo amarillo, y una hermosa, una maravillosa cara blanca, como la luna. Con la mano derecha se apoyaba en un largo *bastón* que terminaba en unas hermosas flores de papel, rojas. En la otra mano llevaba unos *cascabeles* de color de oro que hacía sonar.

Mi hermano y yo nos poníamos de pie de un salto y le hacíamos una *reverencia.* Don Payasito entraba en la gruta como un rey y nosotros le seguíamos.

Dentro olía fuertemente a *ganado,* porque algunas veces los pastores guardaban allí su ganado, durante la noche. Don Payasito encendía el farol con mucha calma. Luego se sentaba en la piedra grande que estaba en el centro de la gruta.

---

tronco, ver ilustración en página 9.
latido, golpe.
capa, cascabeles, ver ilustración en página 7.
reverencia, inclinación del cuerpo hacia adelante para mostrar a una persona que se la considera superior.
ganado, animales.

– ¿Qué traéis hoy? – nos decía con una voz que le salía desde muy adentro.

Buscábamos en los bolsillos y sacábamos las monedas que robábamos para él. Don Payasito amaba las monedas de plata. Las examinaba con mucho cuidado y se las guardaba debajo de la capa. Luego, también de debajo de la capa sacaba un pequeño *acordeón*.

– ¡El baile de la *bruja* Timotea! – le pedíamos.

Don Payasito bailaba. Bailaba, saltaba, gritaba al son de la música del acordeón. La capa se *inflaba* a sus vueltas y nosotros nos apretábamos contra la pared de la gruta sin saber si reirnos o si salir corriendo. Luego nos pedía más dinero. Y volvía a bailar y a bailar, «el baile del diablo perdido». Sus músicas eran hermosas y extrañas. Mientras había dinero había bailes y canciones. Cuando el dinero se acababa don Payasito se echaba en el suelo y parecía que estaba dormido.

– ¡Fuera, fuera, fuera! – nos gritaba. Y nosotros llenos de *pánico,* echábamos a correr por el bosque.

Un día – acababa yo de cumplir ocho años – fuimos a la casita de Lucas. Queríamos ver a don Payasito. Si Lucas no le llamaba, don Payasito no vendría nunca.

La barraca estaba vacía. Fue inútil que llamáramos y llamáramos. Lucas no nos contestaba. Al fin, mi hermano, que era el más atrevido abrió la puertecita de madera. Yo, pegada a su espalda, miré también hacia adentro. En la casita entraba una luz muy débil por la ventana que no estaba cerrada del todo. Olía muy mal. Nunca habíamos estado allí antes.

---

acordeón, bruja, ver ilustración en página 9.
inflar, hinchar.
pánico, miedo muy grande.

Lucas estaba en su *camastro,* sin moverse, mirando al techo de una manera muy rara. Al principio no lo entendimos. Mi hermano le llamó. Primero le llamó muy bajo, luego muy alto. Yo hice lo mismo que mi hermano.

– ¡Lucas, Lucas, cuervo malo de la isla del mal! . . .

Nos daba mucha risa el que Lucas no nos respondiera. Mi hermano empezó a *zarandearle* de un lado a otro. Estaba frío y tocarlo nos dio mucho miedo. Al fin, como no nos contestaba, le dejamos. Empezamos a mirar curiosos por todos los lados y encontramos un *baúl* negro, muy viejo. Lo abrimos. Dentro estaba la capa, el gorro y la cara blanca, triste de don Payasito. También las monedas, nuestras monedas, como pálidas estrellas por entre las demás cosas.

Mi hermano y yo nos quedamos callados. De pronto *rompimos a* llorar. Las lágrimas nos caían por la cara, y salimos corriendo al campo. Llorando, llorando con todo nuestro corazón gritábamos:

– ¡Que se ha muerto don Payasito, ay, que se ha muerto don Payasito . . .!

Y todos nos miraban y nos oían, pero nadie sabía qué decíamos ni por quién llorábamos.

---

camastro, cama muy mala.
zarandear, mover violentamente de un lado a otro.
baúl, ver ilustración en página 20.
romper a llorar, empezar a llorar y hacerlo con fuerza.

Preguntas

1. ¿Quiénes son los protagonistas de esta historia?
2. ¿Puede describir cómo iba vestido don Payasito?
3. ¿Quién es don Payasito?
4. ¿Qué relación tienen los niños con don Payasito?
5. ¿Quién es Lucas de la Pedrería?
6. ¿Por qué quieren los niños a Lucas de la Pedrería?

LA FELICIDAD

Cuando llegó al pueblo, en el auto *de línea,* era ya casi de noche. El agua de la *cuneta* brillaba como si tuviera estrellas muy pequeñas. Los árboles desnudos y negros, crecían hacia un cielo azulado.

---

auto *de línea,* el que hace un recorrido fijo. Normalmente entre varios pueblos.

El auto de línea paraba frente al *cuartel* de la *Guardia Civil.* Las puertas y las ventanas estaban cerradas. Hacía frío. Solamente una *bombilla,* sobre el *letrero* de la puerta, daba una luz débil. Un grupo de mujeres, el cartero y un guardia, esperaban la llegada del correo. Cuando bajó del coche sintió frío. El frío se le pegó a la cara.

Mientras bajaban su maleta se le acercó un hombre.

– ¿Es usted don Lorenzo, el nuevo médico? – le dijo.

Dijo que sí.

– Yo, Atilano Ruigómez, para servirle. Soy el *alguacil.*

Le cogió la maleta y empezaron a andar hacia las primeras casas de la aldea.

El azul de la noche caía sobre las paredes, sobre las piedras, sobre los tejados. Detrás de la aldea se extendía la llanura, *levemente ondulada,* con pequeñas luces en la *lejanía.* A la derecha, la sombra oscura de los *pinares.*

Atilano Ruigómez iba con paso rápido junto a él.

– Tengo que decirle una cosa, don Lorenzo.

– Usted dirá.

– Ya le habrán hablado a usted de lo mal que está en este pueblo la cuestión de *alojamiento.* Ya sabe usted que en este pueblo, no hay casi nada. Ni siquiera hay *posada.*

– Pero, a mí me dijeron . . .

– ¡Sí, le habrán dicho muchas cosas! Mire usted: nadie quiere tener a nadie en casa, ni siquiera al médico. Ya sa-

---

cuartel, lugar donde viven los guardias civiles o los soldados.
Guardia civil, bombilla, letrero, ver ilustración en página 15.
alguacil, autoridad en un pueblo.
levemente ondulada, que no tiene muchos altos y bajos.
lejanía, lejos.
pinar, lugar donde hay *pinos,* ver ilustración en página 9.
alojamiento, posada, lugares donde puede vivir una persona que no tiene casa propia.

be usted: son malos tiempos. Dicen todos por ahí que no se pueden *comprometer* a dar de comer... Nosotros comemos cualquier cosa: un poco de *cecina,* unas patatas . . ., cualquier cosa. Las mujeres van al trabajo, como nosotros. Y en invierno también ellas pasan malos ratos. Nunca están sin hacer nada. Pues es eso: no pueden estar preparando *guisos* y comidas para una persona que no sea como nosotros. Ya ni cocinar deben saber . . . Perdone usted, don Lorenzo, la vida se ha puesto muy mala.

– Bien, pero en alguna parte tengo que vivir. . .

– ¡En la calle no se va usted a quedar! Los que al principio dijeron que sí, que le podían tener a usted en sus casas, a última hora se volvieron atrás. Pero todo se arreglará.

Lorenzo se paró *consternado.* Atilano Ruigómez, el alguacil se volvió para mirarle. ¡Qué joven le pareció, de pronto, allí, en las primeras piedras de la aldea, con sus ojos redondos, con el pelo *rizado* y las manos en los bolsillos del abrigo *raído*!

– No se preocupe. Usted no se queda en la calle. Pero tengo que decirle: de momento solamente una mujer puede alojarle. Y quiero advertirle, don Lorenzo: es una pobre loca.

– ¿Loca . . .?

– Sí, pero *inofensiva.* No se preocupe. Lo único es que

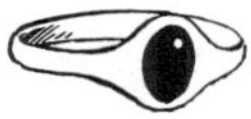
sortija

comprometer, prometer a alguien hacer algo.
cecina, carne secada al aire o al humo.
guisos, comidas.
consternado, muy triste.
rizado, pelo en forma de *sortija.*
raído, viejo y gastado.
inofensiva, que no molesta a nadie.

nos parece a todos que es mejor advertirle para que no le extrañen a usted las cosas que le diga. . . Por lo demás es una mujer muy limpia, muy tranquila.

– Pero loca . . ., ¿qué clase de loca?

– Nada de importancia, don Lorenzo. Es que . . . ¿sabe? Se le ponen ideas raras dentro de la cabeza y dice *despropósitos*. Por lo demás ya le digo: es una mujer de buen trato. Y como sólo será por dos o tres días, hasta que encontremos otra cosa mejor. ¡No se va a quedar usted en la calle, con una noche tan fría como ésta!

---

despropósitos, aquí, cosas sin sentido, no a propósito.

La casa estaba al final de una callecita. Una casa muy pequeña, con un balconcillo de madera quemada por el sol y por la nieve. Abajo estaba la *cuadra,* vacía. La mujer bajó a abrir la puerta, con un *candil* en la mano. Era menuda, de unos cuarenta y tantos años. Tenía la cara ancha y *apacible,* con el pelo oculto bajo un pañuelo, *anudado* a la *nuca.*

– Bien venido a esta casa – le dijo. Su sonrisa era dulce. La mujer se llamaba Filomena. Arriba, junto a los *leños* encendidos, le había preparado la mesa. Todo era pobre, limpio, cuidado. Las paredes de la cocina habían sido cuidadosamente blanqueadas y las llamas daban rojos resplandores a los cobres de los *pucheros.*

– Usted dormirá en el cuarto de mi hijo – explicó con su voz un poco apagada. Mi hijo ahora está en la ciudad. ¡Ya verá como es un cuarto muy bonito!

Él sonrió, le daba un poco de lástima aquella mujer de movimientos rápidos, *ágiles.*

El cuarto era pequeño, con una cama de hierro negra, cubierta con una *colcha* roja, de largos *flecos.* El suelo, de madera, estaba limpio. Olía a limpio. Sobre la *cómoda* brillaba un espejo, con tres rosas de papel prendidas en un *ángulo.* La mujer cruzó las manos sobre el pecho:

– Aquí duerme mi Manolo – dijo –. ¡Ya se puede usted figurar como cuido yo este cuarto!

– ¿Cuántos años tiene su hijo? – preguntó, por decir alguna cosa mientras se quitaba el abrigo.

– Cumplirá trece años para agosto. ¡Pero es más listo!

---

cuadra, lugar donde viven los animales.
apacible, serena, que da paz, tranquila.
anudado, sujeto con un *nudo.*
ágiles, hechos con rapidez.
colcha, fleco, cómoda, ángulo, ver ilustración en página 20.

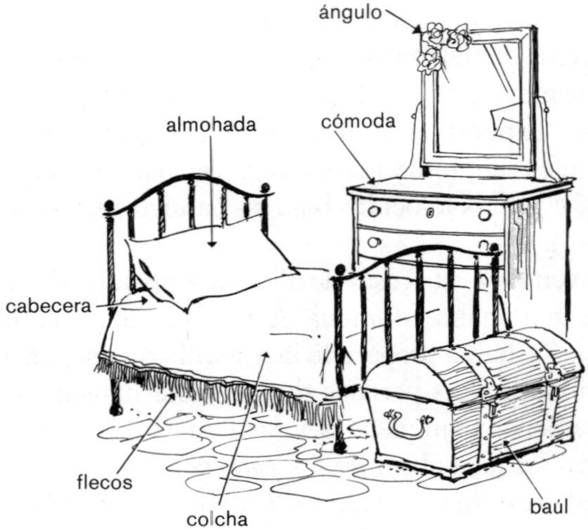

¡Y con unos ojos . . .!

Lorenzo sonrió. La mujer se *ruborizó.*

– Perdone, ya me figuro: son las tonterías que digo . . . ¡Es que no tengo más que a mi Manuel en el mundo! Ya ve usted, mi pobre marido se murió cuando el niño tenía dos meses. Desde entonces . . .

Se *encogió de hombros* y suspiró. Sus ojos de un azul muy claro se cubrieron de una tristeza suave, lejana. Luego se volvió rápidamente hacia el pasillo:

– Perdone, ¿le sirvo ya la cena?

– Sí, enseguida voy.

Cuando entró de nuevo en la cocina la mujer le sirvió un plato de sopa, que tomó con apetito. Estaba buena.

– Tengo vino . . . – dijo ella tímidamente –. Si usted

---

ruborizarse, ponerse roja la cara.
encogerse de hombros, levantar los hombros, aquí, para indicar que no quiere seguir hablando.

quiere . . . Lo guardo siempre, para cuando viene a verme mi Manuel.

– ¿Qué hace su Manuel? – preguntó él.

Empezaba a sentirse lleno de una paz extraña, allí, en aquella casa. Siempre había andado de un lado para otro, en pensiones que olían mal, en *barrios* tristes y cerrados por altas paredes grises. Allá afuera, en cambio, estaba la tierra: la tierra hermosa y grande, de la que procedía aquella mujer. Aquella mujer – ¿loca? ¿qué clase de locura sería la suya? – también tenía algo de la tierra, en sus manos anchas y morenas, en sus ojos largos, llenos de paz.

– Está de *aprendiz* de zapatero, con unos tíos. ¡Y es más listo!

Verá qué par de zapatos me hizo para la *Navidad* pasada. No me atrevo a *estrenarlos.*

Volvió con una caja de *cartón* y con el vino. Le sirvió el vino despacio, con gesto lento de mujer que cuida y ahorra las buenas cosas. Luego abrió la caja, que despidió un olor a *cuero* y a *almendras amargas.*

– Ya ve usted, mi Manolo . . .

Eran unos zapatos nuevos, sencillos.

almendra

---

barrio, cada una de las partes en que se divide un pueblo o una ciudad grande.
aprendiz, persona que aprende algún arte u oficio.
Navidad, ver nota en página 23.
estrenar, usar por primera vez.
cartón, especie de papel muy fuerte que consiste en varias hojas de papel gruesas, puestas unas encima de otras y unidas.
cuero, piel de los animales, preparada especialmente para diversos usos.
amarga, que no es dulce.

– Muy bonitos.

– No hay cosa en el mundo como un hijo – dijo Filomena, guardando los zapatos en la caja. Ya le digo yo: no hay cosa igual.

Fue a servirle la carne y se sentó luego al fuego. Cruzó las manos sobre las rodillas. Sus manos *reposaban* y Lorenzo pensó que de aquellas manos de palmas *endurecidas* salía una paz extraña.

– Ya ve usted – dijo Filomena mirando hacia el fuego –. Según dicen todos no tengo motivos para estar muy alegre. Me quedé *viuda* muy pronto. Mi marido era un trabajador del campo y yo era pobre. Trabajando, sólo trabajando, saqué adelante la vida. Pues ya ve: sólo porque le tenía a él, a mi hijo, he sido muy feliz. Sí, señor, muy feliz. Verle a él crecer, ver sus primeros pasos, oirle cuando empezaba a hablar ... ¿no va a trabajar una mujer sólo por eso? Pues ¿y cuando aprendió las letras . . .? ¡Y qué alto es! Ya ve usted: por ahí dicen que estoy loca. Loca porque no quiero que mi hijo trabaje en el campo, porque le he sacado del campo y le he mandado a aprender un oficio. Porque no quiero que sea un hombre gastado por la tierra, como fue su pobre padre. Loca me dicen porque ¿sabe usted? trabajo sin parar, sólo con una idea: mandarle a mi Manuel dinero para pagarse la pensión en casa de los tíos, para comprarse trajes y libros! ¡Y tan guapo! ¿Sabe usted? ¡Es tan aficionado a las letras! Al *quincallero* le compré dos libros con *láminas* de colores para enviárselos. Ya se los enseñaré luego ... Yo no sé de

---

reposar, descansar.
endurecida (endurecer), aquí, que se han puesto duras por el trabajo.
viuda, mujer a quien se le ha muerto el marido.
quincallero, hombre que vende *quincalla* (= objetos de metal, de poco valor como imitaciones de joyas.)
lámina, aquí, página de un libro en la que solamente hay dibujos.

letras, pero deben ser buenos. ¡A mi Manuel le gustarán! ¡Él sacaba las mejores *notas* en la escuela! Viene a verme, a veces. Estuvo aquí por la *Pascua* y volverá para la *Nochebuena*.

Lorenzo escuchaba en silencio, y la miraba. La mujer, junto al fuego, parecía rodeada de una claridad grande. Como la luz que sale a veces de la tierra, a lo lejos, junto al horizonte. El gran silencio, el silencio de la tierra, estaba en la voz de la mujer. «Se está bien aquí – pensó –. No creo que me vaya de aquí.»

La mujer se levantó y se llevó los platos.

– Ya le conocerá usted, cuando venga para la *Navidad*.

– Me gustará mucho conocerle – dijo Lorenzo –. De verdad que me gustará.

– Loca, me llaman – dijo la mujer.

Y a Lorenzo le pareció que en la sonrisa de la mujer estaba toda la sabiduría de la tierra.

La mujer continuó:

– Loca, porque ni me visto bien, ni me calzo con lujo. Ni un lujo me permito. Pero no saben que no es sacrificio. Es egoísmo, sólo egoísmo. Pues, ¿no es para mí todo lo que le dé a él? ¡En el pueblo no entienden esto! ¡Ay, no entienden esto, ni los hombres, ni las mujeres!

– Locos son los otros – dijo Lorenzo, ganado por aquella voz –. Locos son los demás.

Se levantó. La mujer se quedó mirando al fuego como si estuviera soñando.

---

notas, los puntos que da en la escuela el maestro al alumno por sus estudios.

Pascua, la fiesta de la Resurrección (= vuelta a la vida) de Jesucristo.

Nochebuena, Navidad, fiestas religiosas relacionadas con el nacimiento de Jesucristo, el 24 de diciembre y el 25 respectivamente.

Cuando se acostó en la cama de Manuel, bajo las sábanas *ásperas* como si no estuvieran aún estrenadas, le pareció que la felicidad – ancha, lejana – impregnaba los rincones de aquella casa, y también a él, como una música.

A la mañana siguiente, un poco antes de las ocho, Filomena llamó tímidamente a su puerta:

– Don Lorenzo, el alguacil viene a buscarle . . .

Se puso el abrigo encima de los hombros y abrió la puerta. Atilano estaba allí con la *gorra* en la mano:

– Buenos días, don Lorenzo. Ya está arreglado . . . Juana, la de los Guadarramas, puede tenerle a usted en su casa. Ya verá como en casa de Juana se encuentra usted a gusto.

Le interrumpió con *sequedad*:

– No quiero ir a ningún lado. Estoy bien aquí.

Atilano miró hacia la cocina. Se oían ruidos de pucheros. La mujer preparaba el desayuno.

– ¿Aquí . . .?

Lorenzo sintió una *irritación pueril*.

– ¡Esa mujer no está loca! – dijo –. Es una madre, una buena mujer. No está loca una buena mujer porque vive porque su hijo vive . . ., sólo porque tiene un hijo, tan llena de felicidad . . .

Atilano miró al suelo con una gran tristeza. Levantó un dedo y dijo seriamente:

– No tiene ningún hijo, don Lorenzo. Se le murió de *meningitis*, hace por lo menos cuatro años.

áspera, que no es suave.
gorra, ver ilustración en página 15.
sequedad, en un tono seco.
irritación pueril, enfado sin mucha causa (*pueril* = propio de niños.)
meningitis, enfermedad muy grave que consiste en la inflamación de ciertas partes del cerebro.

Preguntas

1. ¿Quiénes son los personajes de esta historia?
2. ¿Comó es el mundo interior de Filomena?
3. ¿Qué siente el médico joven al llegar a su casa?
4. ¿Cuál es la persona que más le ha interesado y por qué?
5. ¿Cree usted que don Lorenzo se quedará en casa de Filomena? Razone su opinión.
6. ¿Se quedaría usted?

LOS *ALAMBRADORES*

Llegaron al pueblo al llegar la primavera. Hacía un tiempo más bien frío y la tierra estaba húmeda. El *deshielo* se retrasaba y el sol se pegaba a la piel, a través de la *niebla.*

---

alambrador, hombre que va por los pueblos arreglando diversos objetos. Usa a veces *alambre* (= hilo de metal).
deshielo, cuando el hielo se deshace.
niebla, nubes bajas que tocan la tierra.

Los del campo andaban de mal humor. Seguramente las cosas de la tierra no iban bien: yo sabía que era así, cuando les oía hablar y les veía de aquella forma, siempre de mal humor. Mi abuelo me había prohibido llegar hasta el pueblo cuando notaba estas cosas en el aire – porque decía que en el aire se notaban –. Y aún, también me prohibía llegar hasta el pueblo en otras ocasiones, sin explicar por qué. El caso es que en este tiempo yo estaba, sin que mi abuelo lo supiera, en el pueblo a la puerta de la *herrería* de Halcón, cuando por la carretera apareció el *carro,* entre la *neblina.*

– *Cómicos* – dijo el *herrero* Halcón.

Halcón era muy amigo mío, entre otras razones porque le llevaba del tabaco del abuelo sin que el abuelo lo supiera. Estaba Halcón sentado a la puerta de su herrería al sol, comiéndose un trozo de pan con ajo; sobre el pan había echado un poco de *aceite* verde.

– ¿Qué cómicos? – dije yo.

Halcón señaló con la punta de su *navaja* el carro que aparecía entre la niebla. Su *toldo,* blanqueaba extrañamente. Parecía un barco que fuera por el río de piedras de la carretera, todavía con hielo en las cunetas.

Ciertamente eran cómicos. No tuvieron mucha suerte en el pueblo. El mejor tiempo para ellos era el tiempo de invierno, cuando las *faenas* del campo habían terminado, o la primavera ya cerca del verano. Pero al principio de la primavera nadie tenía humor para *funciones,* pues cada

---

neblina, niebla muy baja.
cómico, el que representa comedias.
aceite, líquido que sale de la *aceituna* o de otros frutos, de naturaleza grasa.
faenas, se usa en plural, trabajos del campo.
función, lo que representan los cómicos para entretener al público.

cual estaba ocupado con sus trabajos. Sólo yo, el secretario y su familia – mujer y cinco muchachos –, el *ama* del cura y las criadas del abuelo, que me llevaron con ellas, fuimos a la primera de las funciones. A la tercera noche los cómicos se fueron por donde habían venido.

Pero no todos. Dos de ellos se quedaron en el pueblo. Un viejo y un niño, de nueve o diez años. Los dos muy morenos, muy sucios, con la carne extrañamente seca. «Tienen la carne sin *unto*», oí que decía de ellos Feliciana Moreno, que fue a la tienda a comprar aceite. Acababan de pasar los cómicos, que compraron cien gramos de *aceitunas* negras, para comer con el pan que llevaban en el *zurrón.* Luego les vi sentarse en la plaza, junto a la fuente, y comer despacio, mirando a lo lejos. Los dos tenían la mirada de los caminos.

– Son *gitanos* – dijo Halcón, pocos días después, cuando pude escaparme de nuevo e ir a verle, sin que mi abuelo lo supiera – ¿Sabes tú? son gitanos: una mala gente. Sólo verles la frente y las palmas de las manos se les adivina el diablo.

– ¿Por qué? – pregunté.

– Porque sí – contestó.

Me fui a dar una vuelta por el pueblo en busca de los gitanos, y les vi en la plaza. el niño gritaba algo:

– ¡Alambradoreees! – decía.

Por la noche, mientras cenaba en la gran mesa del comedor, con el abuelo, oí ruidos en la cocina. Apenas terminé de cenar, besé al abuelo y dije que me iba a dormir.

---

ama, criada principal que suele haber en casa de un cura o de un hombre que vive solo.
sin *unto,* aquí, seca, sin grasa.
aceituna, zurrón, ver ilustración en página 26.
gitano, el que pertenece a una raza, la gitana.

Pero, muy al contrario, bajé a la cocina, donde Elisa, la cocinera y las criadas, junto con el *mandadero* Lucas el Gallo, se reían de los alambradores, que estaban allí con ellos. El viejo contaba algo, sentado junto a la *lumbre,* y el niño miraba con sus ojos negros, como dos agujeros muy profundos, el arroz que Elisa le servía en un plato. Me acerqué silenciosamente, pegándome a la pared, como yo sabía, para que nadie se fijara en mí. Elisa cogió un vasito de color verde, muy hermoso y lo llenó de vino. El vino se levantó de un golpe, dentro del vaso, hasta salirse fuera. Cayeron unas gotas en la mesa y la madera las *chupó,* como con sed.

Elisa le dio al niño una cuchara de madera, y se volvió a escuchar al viejo. Una sonrisa muy grande le llenaba la cara. Sólo entonces puse atención a sus palabras:

– . . . y me dije: se acabó la *vida de perro* que llevamos. Éste y yo nos quedamos en el pueblo. Queremos echar *raíces* aquí. El padre de éste, a lo primero, dijo que no. Pero después le he convencido. Yo le dije: el oficio se lo enseño yo al muchacho. Un oficio es lo que se necesita para vivir en un sitio. Y él lo pensó: «bueno, abuelo: lo que usted diga. Ya volveremos en el invierno, a ver cómo les va a ustedes. . .» Yo quiero hacer del muchacho un hombre ¿saben ustedes? No un perro de camino. No es buena esa vida: se hace uno ladrón, o algo peor, por los caminos. Yo

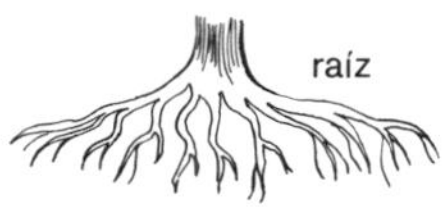

---

mandadero, el que hace los recados y encargos.
lumbre, ver ilustración en página 26.
chupar, aquí, fig. sinónimo de beber con mucha sed.
vida de perro, vida dura y difícil.

quiero que mi nieto se quede aquí para siempre. Que se case, que le nazcan hijos en el pueblo . . . Los años pasan muy deprisa ¿saben ustedes?

No era verdad lo que dijo Halcón: no eran gitanos. Porque no hablaban como los gitanos ni sabían cantar. Pero hablaban también de un modo raro, diferente; al principio no se les entendía muy bien. Me senté y apoyé los codos en las rodillas, para escuchar a gusto. Lucas el Gallo se reía del viejo:

– Será gobernador el chico, si se queda de alambrador en el pueblo. Por lo menos gobernador . . .

Las criadas se reían, pero el viejo *fingió* no enterarse. Y si se enteraba no hacía caso, porque seguía diciendo que quería quedarse siempre en el pueblo y que todos le mirasen bien.

– Lo único que yo pido es que me den trabajo; trabajar sin molestar a nadie.

El niño acababa de comer el arroz, cuando el viejo le dio ligeramente con el *cayado* en la espalda. El niño saltó como un rayo y se limpió la boca con la mano.

– Vamos, Caramelo – le dijo el viejo. Y las criadas se rieron también, al saber que el chico se llamaba *Caramelo.*

Elisa les dio dos *calderos* y una *sartén* para arreglar. El viejo dijo:

– Mañana los tendrá usted como nuevos.

Cuando se fueron, Elisa fingió descubrir que yo estaba allí y dijo:

---

fingió (fingir) *fingir,* aquí, hacer como si no hubiera entendido.
cayado, ver ilustración en página 7.
caramelo, azúcar que se deshace en agua, se deja enfriar y se corta en trozos pequeños.

– ¡A estas horas tú aquí . . .! ¡Como un rayo a la cama, o bajará tu abuelo dando voces . . .!

Yo subí como un rayo, tal como Elisa dijo y me metí entre las sábanas.

Al día siguiente los alambradores trajeron todos los *cacharros*. Y era verdad que estaban como nuevos: los habían arreglado y los habían limpiado y brillaban como el oro. Elisa les pagó y les dio comida otra vez.

– ¿Y cómo va el trabajo? – les preguntó. ¿Hay muchos clientes en el pueblo?

– Ninguno – dijo el viejo –. Bueno: ya llegarán . . .

– ¿Dónde dormísteis?

El viejo fingió no oir la última pregunta de Elisa y salió

---

cacharro, lo que sirve para echar algo en él; se dice de los de la cocina, como la sartén o la espumadera y en general de los de la casa.

de allí, con el niño. Cuando ya no podían oirla Elisa dijo con el *aire* triste y grande que *ponía* para hablar de los hombres que fueron a la *guerra,* de las tormentas, de los niños muertos:

– No encontrarán trabajo, no lo encontrarán. A la gente del pueblo no le gustan los *forasteros,* cuando son pobres.

Eso me dio mucha tristeza. Dos días después me escapé otra vez a la herrería y le dije a Halcón:

– ¿Por qué no encuentran trabajo los alambradores? Dice Elisa que lo hacen muy bien.

Halcón escupió en el suelo y dijo:

– ¡Qué saben los niños de las cosas de los hombres! ¡A callar, los que no saben!

– Dime por qué, Halcón y así sabré.

– Porque son gitanos. Son mala gente los gitanos, ladrones y *asesinos.* En este pueblo de Santa Magdalena y de San Roque, no cabe la gente del diablo. Nadie les dará nada. Porque yo te digo y verás como es así: ésos harán algo malo y los tendremos que echar del pueblo.

– Puede ser que no hagan nada malo, Halcón.

– Será como yo digo. Será, será. Ya verás tú, inocente, como será.

A los alambradores los ví por la calle de las Dueñas. Iban gritando:

– ¡Alambradoreees! – a través de la dulce niebla de la mañana. Luego, al medio día, entraron en la tienda y pidieron aceite *de fiado.*

---

poner aire triste, ponerse triste, *aire* aquí fig., aspecto.
guerra, se refiere a la civil española (1936-1939).
forastero, el que llega de fuera. Aquí, de otro pueblo.
asesino, el que mata a otro.
de fiado, a crédito (del verbo fiar)

– No se fía – les dijeron.

Salieron en silencio, otra vez hacia la fuente. Les vi como bebían agua y seguían luego hacia la calle del Osario gritando:

– ¡Alambradorees!

Oirles me dejaba una cosa amarga en la boca y pedí a Elisa:

– Busca todos los cacharros viejos que tengas, para que los arreglen los alambradores . . .

– *Criatura*: todos los han arreglado ya. Los que lo necesitaban y los que no lo necesitaban. ¿Qué puedo yo hacer?

Nada. Nada podía hacer nadie. Estaba visto. Porque a la tarde del domingo estando yo en la plaza mirando entre los burros y los carros de los quincalleros (entre cintas de seda, relojitos de mentira, anillos con retratos de soldados, *puntillas* blancas, peines azules y *alfileres* de colores) oí muchas voces y salí a la carretera.

Dos mujeres y unos cuantos niños perseguían gritando a los alambradores.

– ¡La *peste,* la peste de *gentuza*! ¡Me robaron mi *gallina* «Negrita» ¡Me la robó el pequeño, a mi «Negrita»! ¡La llevaba escondida debajo de la chaqueta, a mi »Negrita» . . .!

La «Negrita» *cacareaba,* a medio *desplumar,* con sus ojos redondos de color de trigo, envuelta en el *delantal* de

---

criatura, niño pequeño, fig. ser de muy poca edad.
puntillas, alfileres, gallina, delantal, ver ilustración en página 34.
peste, una enfermedad que se extiende y es grave y peligrosa. Aquí fig. cosa de la que hay que huir.
gentuza, gente despreciable, gente mala.
cacarear, de *cacareo,* voz propia de la gallina.
desplumar, quitar las plumas; ver ilustración en página 34.

la Baltasara. Los niños recogían piedras de la cuneta con un gozo muy grande.

Corrí, para verles como se iban: de prisa, andando de prisa, arrimándose a la roca (como yo a la pared, cuando no quería que me viera nadie). El niño se volvió dos veces, con sus ojos negros, como agujeros muy hondos. Luego empezaron a correr. Caramelo llevaba los brazos levantados por encima de la cabeza y la espalda temblando como un pájaro en invierno.

Preguntas

1. ¿Cómo ve la niña protagonista la llegada de los cómicos al pueblo?
2. ¿Qué desea el viejo para su nieto?
3. ¿Por qué quiere el viejo quedarse en el pueblo?
4. ¿Recibe bien el pueblo a los alambradores?
5. ¿Cómo le parece a usted la mentalidad de los personajes que aparecen en el relato?
6. ¿Cree usted que los alambradores fueron bien recibidos?
7. ¿Piensa usted que el robo de la gallina «Negrita» merecía la reacción esa del pueblo?
8. ¿Por qué cree usted que las cosas se desarrollan como las cuenta la autora? ¿Qué quiere decirnos ella?

CAMINOS

En el pueblo los llamaban los Francisquitos, por alguna extraña razón que ya nadie recordaba, pues él se llamaba Damián y ella Timotea. Se los tenía aprecio y algo de lástima porque eran buenos, pobres y estaban solos. No tenían hijos aunque ella fue tres veces a la fuente *milagrosa,* a beber el agua de la maternidad, e hizo cuatro *novenas* a la santa con el mismo deseo. Labraban una pequeña tierra, detrás del cementerio viejo, que les daba para vivir, y tenían como única fortuna un hermoso caballo rojo, al que llamaban «*Crisantemo*». Muchas veces los Francisquitos sonreían mirando a «Crisantemo» y se decían:

– Fue una buena compra, Damián.

– Buena de veras – decía él –. Valió la pena el sacrificio. Sabes, mujer, aunque la tierra no dé más que para mal vivir, el «Crisantemo» es siempre un tiro *cargado*. Entiendes lo que quiero decir ¿no?

– Sé – respondía ella –. Sé muy bien, Damián. Es un empleo que le dimos a los *ahorros*.

«Crisantemo» era el fruto de una buena *cosecha* de *centeno*. Nunca pudieron ahorrar, hasta entonces. Es cierto

---

milagrosa, que hace *milagros,* = acto muy extraordinario del poder de Dios hecho mediante una persona o una cosa (aquí, el agua).
novena, ejercicio de tipo religioso que se practica durante 9 días seguidos con oraciones y actos buenos.
crisantemo, nombre de una flor.
cargado, aquí fig., puesto dentro del arma, dispuesto para ser utilizado en el momento en que haga falta.
ahorro, lo que se guarda del gasto de cada día.
cosecha, conjunto de frutos que se recogen de la tierra, como trigo, vino, aceite. También se llama así el trabajo de recoger los frutos de la tierra.

que se privaron del vino y hasta Damián de su tabaco. Pero se tuvo al «Crisantemo» que daba gusto verlo. Nemesio, el juez, al que consideraban en la aldea como un hombre rico (tenía más de cien cabezas de ganado y tierras en Pinares, Huesares y Lombardero) le dijo, señalando al caballo con el dedo:

– Buen caballo, Francisquito, buen caballo.

Alguna proposición tuvo de compra. Pero aunque la tentación era fuerte – se presentó un invierno duro, dos años después –, los Francisquitos lo pensaron bien. Lo hablaron por la noche, ya recogidos los platos, junto a la lumbre.

– Que no se vende.

– Que no.

Precisamente al acabar aquel invierno tan duro ocurrió lo del muchacho. Ya empezaba la primavera y empezaban a llegar los caminantes, los cómicos, los *vagabundos* . . . Los Francisquitos tenían su casa a las afueras del pueblo, junto a la carretera. Por allí veían pasar a todos los que llegaban al pueblo. Por allí veían pasar a los caminantes, y con ellos, un buen día, llegaron los de la guitarra, con Barrito.

Barrito era un niño de unos diez años, pequeño y sucio; muy delgado, como su hermano mayor. Su padre, si lo era, que los Francisquitos nunca lo creyeron (¿cómo iba a

centeno

vagabundo, persona que anda de un lado para otro sin trabajo fijo y sin hacer nada.

portarse así un padre?), iba por los caminos, con los niños, tocando la guitarra. Los acompañaba una mujer *descalza* que, desde luego no era la madre (¿cómo va a ser la madre una mujer así . . .?) El padre tocaba la guitarra para que los niños bailaran. Sus *harapos* flotaban al compás de la música, los bracitos delgados *al aire,* como un arco sobre las cabezas. Los pies descalzos bailaban sobre la tierra todavía húmeda, sobre las piedras: como piedrecillas también, saltando sobre el suelo. La Francisquita los vio cuando venía de la tienda. Estuvo mirándoles, seria, pensativa y buscó en el delantal un *realín.* Lo besó y se lo dio.

Cuando llegó a su casa, estuvo pensando mucho rato en los niños. Sobre todo en el pequeño, en sus ojos negros, que se clavaban como *agujas.* «Hijos», se decía. A Damián, comiendo, le habló de los niños:

– Da *congoja* verles. No sé como se puede hacer eso con un niño. Marcados iban de los golpes y me dijo *la* Lucrecia: «A éstos, por la noche, su padre les pregunta: ¿Qué queréis pan o real? Los niños dicen: real, padre. Les da un real, y al despertar por la mañana les vuelve a decir: el que quiera pan que pague un real.» Así, dicen que hace. La Lucrecia les conoce. Dice que estuvieron el año pasado en Hontanar cuando ella fue allí con el trigo.

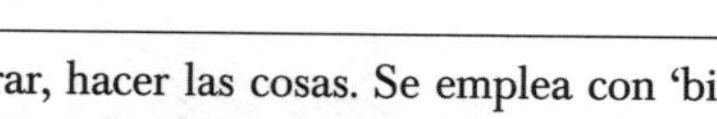

portarse, obrar, hacer las cosas. Se emplea con 'bien' y con 'mal'.
descalza, sin zapatos.
harapos, aquí, vestidos rotos y viejos.
al aire, sin nada que los cubra y en alto.
realín, real, moneda que es la cuarta parte de una peseta.
congoja, pena muy honda.
la, el articulo ante el nombre de persona el propio de la lengua popular.

A la tarde, ocurrió la desgracia. Pasó un carro frente a la casa de los Francisquitos, y ellos oyeron los gritos y las *blasfemias*. En la cuneta dormían los de la guitarra, y el pequeño, Barrito, que salió a buscar alguna cosa no vio el carro. La rueda le pasó sobre el pie derecho: un piececito sucio, endurecido, como otra piedra del camino. Los Francisquitos corrieron asustados. El pobre Barrito apretaba la boca, para no llorar, y miraba hacia lo alto con su mirada negra y redonda de pájaro, que había llegado al corazón de Timotea. La sangre manchaba la tierra. El padre y la mujer decían una blasfemia tras otra, y el hermano se había quedado en la cuneta, sentado mirando con la boca abierta.

– ¡Menos gritos y buscad al médico! – dijo el hombre del carro. Los de la guitarra no hacían nada. Barrito miraba fijamente a Timotea y la mujer sintió como si algo le tirara desde muy adentro, igual que años atrás, cuando iba a la fuente milagrosa.

– Cógelo, Damián. Llévalo a casa.

Los Francisquitos lo llevaron a su casa y llamaron al médico.

Los de la guitarra no aparecieron en todo el día.

El médico curó al niño. La Timotea lo lavó, lo peinó y le dio comida. El niño, callado, aguantó el dolor en silencio, sin decir nada, y comió con gran *voracidad*.

Al día siguiente los de la guitarra habían desaparecido del pueblo.

En un principio se pensó seguirles, pero la Timotea habló a su marido, y éste al *alcalde*.

---

blasfemia, palabra de ofensa dicha contra Dios.
voracidad, acción de comer con mucha ansia.
alcalde, la primera autoridad de un pueblo.

– Damián, vamos a quedarnos con Barrito.

– ¿Y eso, mujer?

– Más a gusto trabajará en nuestra tierra y estará mejor con nosotros que por ahí por los caminos. No tenemos hijos, Damián!

Cuando se lo dijeron el alcalde no sabía muy bien qué decir. Al fin dijo:

– Mejor es así, Francisquita, mejor es así. Pero si un día le reclaman . . .

– Sea lo que Dios quiera – dijo ella.

– Sea – dijo el alcalde.

Y se quedaron con Barrito.

Pasó el tiempo y nadie vino a reclamar. Barrito era un niño callado, como si no pudiera quitarse del todo su aire triste, como si siempre tuviera miedo de algo o por algo. Los Francisquitos le tenían como hijo de verdad, del corazón. Barrito aprendió a trabajar. Ayudaba a Damián a sostener el *arado* e iba con Timotea a *cavar* con su pequeña

cavar, remover la tierra.

azada al hombro. Enseguida aprendió a sembrar la tierra, a regar, a distinguir la tierra buena de la mala, aprendió mucho de pájaros, de piedras y de árboles. Barrito era un niño bueno, ciertamente. Escuchaba en silencio a los Francisquitos, cuando le hablaban, y obedecía. A veces, Timotea hubiera querido verlo más cariñoso, y le decía a su marido:

– Sólo una cosa puedo decir que me da pena en cuanto al niño, Damián: que no creo que nos tenga amor. Es bueno, eso sí. Y obediente. Porque agradecido sí parece. ¡Ay, Damián!, pero cariño no, cariño no nos tiene.

Damián *liaba* un cigarillo, despacio.

– Mujer – decía –, mujer, ¿qué más quieres?

También Barrito estaba orgulloso de «Crisantemo». Cuando le llevaba a beber a la fuente de la carretera, a la entrada del bosque. Cuando le llevaba a buscar leña, cuando le llevaba a ver las tierras. Sólo por «Crisantemo» se le vio sonreir, con sus dientes pequeños, una vez que el juez le dijo, viéndole pasar:

– Buen caballo tenéis, Barrito.

liar un cigarro, hacerlo, envolver el tabaco en el papel.

Barrito cumplió catorce años. Francisquito le enseñó, durante las noches de invierno a leer y a escribir. Y también algo de cuentas.

Fue en el verano cuando empezó el mal. Barrito no decía nunca nada, nunca se quejaba, pero le notaron el defecto. Barrito perdía la vista. Poco a poco primero, rápidamente después. El médico le miró mucho, y al fin dijo:

– Esto se tiene que *operar* o quedará ciego.

Los Francisquitos volvieron tristes a su casa. A Timotea le caía una lágrima por la nariz abajo y se la secó con el pañuelo.

No tenían dinero. La operación era difícil, cara, y debían, además, trasladarse a la ciudad. Y luego no sólo era la operación, sino todo lo que detrás de ella vendría . . .

– Gastos, muchos gastos, decía Timotea.

Estaban sentados a la lumbre, hablando bajo. Allí al lado dormía Barrito, separado de ellos únicamente por una cortina.

Barrito oyó hablar bajo y se incorporó.

– Mujer – decía entonces Damián –. Ya te dije una vez que el «Crisantemo» era un tiro cargado. Tú sabes muy bien quién lo comprará sin pensar mucho, *a ojos ciegas* . . .

– El juez – dijo Timotea, con voz temblorosa.

– El juez – repitió Damián –. Anda mujer: seca esos ojos. Al fin y al cabo para eso teníamos a «Crisantemo» . . .

– Así es – dijo Timotea –. Así es. Lo único que siento

---

operar, lo que hacen los médicos cuando abren una parte del cuerpo para quitar lo que está mal en ella con el fin de curarla.
a ojos ciegas (no 'ciegos') sin pensar, sin poner condiciones, *a ciegas*, sin mirar y sin pensar.

es que le dará un mal trato. Ya sabes como es: no tiene *aprecio* a nada. Sólo capricho . . . En cuanto se canse de «Crisantemo» lo venderá. Sabe Dios a qué gitano lo venderá.

– Mujer, no pienses eso. Lo primero es la vista de Barrito.

– Eso sí: lo primero, los ojos del niño.

Barrito se echó de nuevo. Sus ojos negros y redondos estaban fijos y quietos en la oscuridad.

Al día siguiente Barrito se levantó más tarde. No le dijeron nada, pues le trataban como a un enfermo. Barrito desayunó despacio leche y pan, junto a la lumbre. Luego se volvió hacia Timotea y le dijo:

– Madre, voy a buscar leña.

– No hace falta, hijo. No vas a ir ahora . . . ¡No hace falta!

– Madre – dijo Barrito –. No me prive de esto. Conozco el camino como mi mano. Madre, no me haga inútil tan pronto, que me duele.

Timotea sintió una gran pena y dijo:

– No hijo, no. Eso no. Anda en buena hora, y ten cuidado.

Barrito sacó a «Crisantemo» del *establo* y se montó en él. Ella lo vio ir carretera adelante, levantando polvo, hacia el sol. Se puso la mano sobre los ojos para que el sol no le molestase, siguió mirando a Barrito y pensó:

– Ay, Dios, nunca me dio un beso. Este muchacho no nos quiere. Bien dicen que el cariño no se puede arrancar.

Timotea se fue a trabajar su campo con Damián. Se

---

aprecio, aquí, estima (estimar)
establo, lugar cubierto donde se encierran los animales.

llevaron la comida, y, a la vuelta, encontraron la casa vacía.

– ¡Barrito! – llamaron –. ¡Barrito!

Pero Barrito y «Crisantemo» habían desaparecido. Un gran frío entró en sus corazones. Pálidos, se miraban uno a otro, sin atreverse a hablar. Así estuvieron un rato, hasta que oyeron la campana de la iglesia, dando la hora. Las nueve. En el cielo brillaban las estrellas, *límpidas*.

– Se fue *a eso de* las diez, esta mañana – dijo ella con voz triste. Él no contestó.

Entonces oyeron los *cascos* del caballo, y salieron corriendo a la carretera.

«Crisantemo» volvía, cansado. Y Llegó y se paró frente a la puerta. Se oía como un *fuelle* su respiración fatigada. Sus ojos de cristal amarillento brillaban debajo de la luna, frente a ellos. «Crisantemo» volvía desnudo y solo.

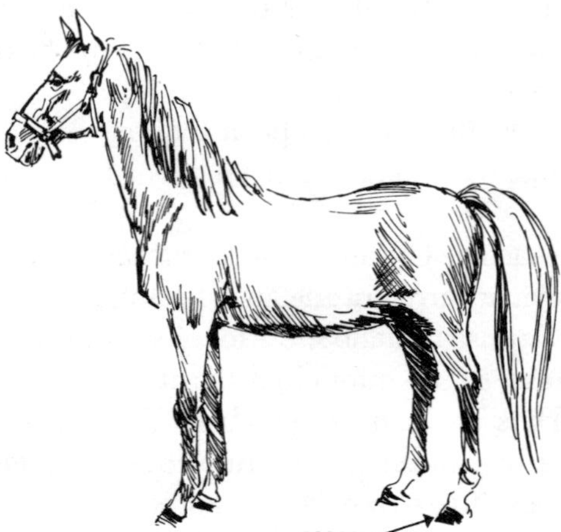

---

límpidas, aquí, estrellas muy claras y brillantes.
a eso de, hacia, aproximadamente hacia.
fuelle, ver ilustración en página 18.

Preguntas

1. ¿Puede hablar de la vida de los Francisquitos?
2. ¿Estaba Barrito contento?
3. ¿Puede hablar de lo que supone Crisantemo para cada uno de los personajes del relato?
4. ¿Por qué se va Barrito? ¿A dónde se va?
5. ¿Qué habría hecho usted en la misma situación que Barrito?

EL GRAN VACÍO

Recuerdo a Mateo Alfonso cada vez que paso por la puerta cerrada de su vivienda. Mateo Alfonso tenía una casita en propiedad, por la parte vieja del pueblo entre *pajares* medio destruidos por las lluvias y el viento y casas envejecidas por los años. Casas con *escudos* rotos a pedradas y quemados por el sol sobre las puertas. *Anidaban* las

---

pajar, lugar donde se guarda la *paja* (= parte seca del trigo o del centeno que separada del grano sirve para alimento y cama de los animales)
anidar, hacer el nido.

golondrinas, las *lagartijas* tras el *muro* de piedras caidas. En las noches de tormenta el río bajaba casi fiero.

Mateo Alfonso tenía un huerto, y en él tenía *perales, ciruelos* y un *manzano* de frutos *ásperos* que muchas veces íbamos a robarle. Mi recuerdo más lejano de Mateo Alfonso le alcanza como un anciano bajo, grueso, de cara redonda y colorada y el pelo de un blanco amarillento, bajo una gorra sucia.

Todo el mundo quería en el pueblo a Mateo Alfonso, por su carácter tranquilo. Desde hacía más de doce años tenía a su mujer *paralítica,* y él solo cargaba con todo el trabajo de la tierra y de la casa. A veces lo veíamos sacar en brazos a su mujer hasta la puerta de la casita, y allí cubrirla con una vieja manta. De esta forma llegaba hasta ella el calor del sol, pues el interior de la casa era húmedo y frío. Sin embargo la mujer no agradecía nada de lo que él hacía, pagando su cariño y su paciencia con grandes gritos e *insultándole* con los peores nombres que he oido, diciéndole muchas cosas como que no trabajaba, que la trataba muy mal, que no sabía hacer nada, todo lo cual era mentira. Porque Mateo Alfonso trabajaba de la mañana a la noche, sin descanso, y nadie le vio jamás – en años y años – ir a la *taberna,* como no fuera para llevarse a casa, en una botella de *vidrio* verde, muy bonita, su *cuartillo* diario de *tinto.*

---

peral, ciruelo, manzano ver ilustración en página 48.
áspero, aquí, frutos de mala calidad, amargos y no finos.
paralítica, que no puede moverse a causa de la enfermedad.
insultar, decir a otro palabras que le ofenden (= *insultos*).
taberna, lugar donde se bebe vino u otras bebidas y donde los hombres se reunen para hablar.
vidrio, cristal.
cuartillo, la cuarta parte de un litro
tinto, vino tinto (= rojo).

Mateo Alfonso era también buen pescador. A este trabajo dedicaba, en general, los domingos, vendiendo luego al cura o al médico las *truchas* que pescaba. Para su enferma guardaba las de mejor tamaño y él no las probaba nunca. También para su enferma era la *miel* de la *colmena* y la leche de su única *cabra*. Si sobraba algo, lo vendía.

---

miel, sustancia amarilla y dulce que producen las *abejas*.

Mateo Alfonso a sus ochenta años, se conservaba más fuerte que muchos hombres de cincuenta. Solamente a veces se quejaba del *reuma,* que le vino de vivir junto al río en aquella casa húmeda y oscura.

En los últimos años el trabajo se hacía cada vez más difícil para el viejo. Sin embargo, no dejó ni un solo día de sol de sacar a su mujer a la puerta de la casita y sentarla en una silla junto a la pared, ni dejó de trabajar la tierra, ni de cocinar, ni de lavar en el río. Y aunque el frío *desnudase* los árboles el anciano seguía bajando hasta el río para lavar la ropa sucia. Volvía despacio, con los labios azulados por el frío, y sus ojos redondos y tranquilos, de un gris transparente, llenos de tristeza. A veces, aún no había llegado a su casa y ya oía por la ventana o la puerta los gritos e *insultos* de su mujer.

– ¡Mal hombre! ¿Dónde andarás, que dejas abandonada a tu pobre mujer . . .?

– Él entraba. Se acercaba a ella y le pasaba con mucho cariño la mano por la cabeza. La calmaba como podía. Pero la vieja parecía odiarle.

– ¡Ojalá murieses! – le dijo un día –. Ojalá murieses y no tuviera yo que aguantar tus malos tratos. Me llevarían al hospital, donde me cuidarían bien, y no tendría que estar viéndote.

Aquel día Mateo Alfonso se sentó a la puerta y por primera vez le vimos llorar. (Nosotros íbamos muchas veces al huertecillo de Mateo Alfonso, porque nos dejaba robarle las ciruelas, haciendo como si no nos viese y nos daba pan con miel de su colmena.)

---

reuma, enfermedad que produce dolores en varias partes del cuerpo como las manos, los pies, los brazos etc.
desnudar, quitar los vestidos. Aquí fig. las hojas a los árboles.
insultos ver nota *insultar,* página 47.

– No llores, Mateo Alfonso – le dijimos. Nos hacía una gran impresión ver sus lágrimas redondas y brillantes caer sobre su camisa.

Él nos dijo entonces:

– No lloro por mí, sino por ella, ¡pobrecilla! ¡Es muy triste su vida!

Luego se limpió las lágrimas y cogiendo la azada entró en su pequeño huerto. Nos dejó que le ayudáramos a regar, dándole a la *bomba* del *pozo* una vez cada uno. Ya por la tarde nos dio pan con miel, y después volvimos a casa. Cuando llegamos a casa dijimos a la criada Acacia (que era la que sabía mejores cuentos) lo que habíamos visto y oido en casa de Mateo Alfonso. Ella nos escuchó con mucha atención y luego fue a contarlo todo a la cocina, a las demás criadas. La seguimos, porque, mientras preparaban la cena y estaba la cocina llena de fuego y de conversaciones, nada nos gustaba tanto como oir las cosas que allí se contaban y se descubrían:

– Muchachas, vamos a ver – empezó a decir Acacia, con las manos cruzadas sobre el pecho – y empezó a contar las penas de Mateo Alfonso.

– Sí – dijo la cocinera –. Ya se habla por todo el pueblo del pobre Mateo Alfonso. Es un santo. Un santo . . . ¡el día que se muera esa *víbora* va a llegarle la felicidad al pobre Mateo Alfonso!

– ¡Ojalá muriese esta noche! – dijo Acacia. Y luego se *santiguó* muy arrepentida.

---

bomba, pozo, ver ilustración en página 48.
víbora, aquí fig. mujer mala, de mal genio, de mal carácter.
santiguarse, hacer la señal de la cruz con la mano, desde la frente hasta el pecho, y desde el hombro izquierdo hasta el derecho, diciendo: en el nombre del Padre (Dios) del Hijo (Jesucristo) y del Espíritu Santo.

Desde aquel día, también nosotros deseamos la muerte de la mujer de Mateo Alfonso. Creo que hasta rezábamos antes de acostarnos para que la mujer de Mateo Alfonso se muriese.

Y un día – al acabar la primavera – nos enteramos de que la vieja había muerto la tarde anterior.

– ¡Qué contento estará Mateo Alfonso! – dijimos.

Y después de comer nos fuimos corriendo a su casa.

– Nos dará miel – decía mi hermano pequeño –. Y ciruelas.

Pensabamos encontrar fiesta en casa de Mateo Alfonso. Sin embargo la puerta estaba cerrada y sentadas en el *poyo* había dos campesinas con *mantones* negros que no

nos dejaron entrar. El viento movía las ramas del peral y traía el olor del río y de los *juncos*. Nos escondimos detrás del *muro*, esperando a que se fueran. Pero no se fueron.

Poco después oimos cantos de iglesia y nos subimos al muro. Vimos como llegaban en fila los chicos de la escuela, el cura el *monaguillo* con la cruz y los hombres con las *parihuelas*. A poco sacaron el *ataúd*, de madera pintada de azul, con una gran cruz blanca en el medio. Lo pusieron sobre las parihuelas. Detrás iba Mateo Alfonso,

---

junco, ver ilustración en página 48.
muro, ver ilustración en página 51.

con el traje negro de las fiestas y la *boina* en la mano. Luego las mujeres y los niños.

Cruzaron el río sobre el puente. Los vimos pasar con el corazón apretado, a pesar de que creíamos en la felicidad de Mateo Alfonso. Los cantos de los muchachos sonaban casi como en la iglesia. Bajamos del muro y nos fuimos a casa de Mateo, a esperarle. Como estaba la puerta cerrada tuvimos que esperarle sentados en el poyo de piedra.

Volvió cuando el sol ya se ponía. Al verle venir por el camino nos pusimos de pie, para ir a su encuentro.

Mateo Alfonso se detuvo al vernos, y nos miró con sus ojos tristes de siempre, que entonces estaban rojos por todo lo que había llorado.

– Mateo – dijo mi hermano, con un poco de miedo –, venimos a ver si nos dabas miel . . .

Después nos callamos todos, sin saber qué decir. En la cara del viejo no había ninguna alegría.

Sin decir nada abrió la puerta con una gran llave de hierro. Le seguimos y entramos en la cocina. Mateo nos miró pensativo, y al fin dijo:

– Sí – y su voz era muy triste y venía como de muy lejos –, os daré miel y ciruelas . . . Y todo, todo lo que queráis.

Sacó de la *alacena* un gran *tarro* lleno de miel, y nos lo dio. Luego el pan y un cuchillo. Después dijo:

– Podéis ir al huerto, coger todo lo que queráis . . .

Mi hermano preguntó, con tímida esperanza:

– ¿Y cavar, y regar? . . .

– Todo, todo – dijo él. Y sonrió tristemente –. Todo lo que vosotros queráis . . .

Comimos pan y miel hasta que no pudimos más. Fui-

---

alacena, tarro, ver ilustración en página 31.

mos al huerto y cogimos ciruelas, manzanas . . . Luego regamos como quisimos, manchándonos de agua y de tierra.

Ya de noche, tuvimos miedo. No se oía nada dentro de la casa.

Entramos despacio y vimos a Mateo Alfonso sentado junto a la lumbre ya apagada, con su traje de las fiestas aún puesto y mirando las cenizas apagadas. A su lado había un poco de ropa atada con un pañuelo. Al vernos nos hizo señas de que nos acercáramos.

– Muchachitos – dijo –. Podéis llevaros todo lo que queráis. Podéis coger todo lo que queráis.

No sabíamos qué hacer y miramos alrededor.

– Me marcharé – dijo –. Ya nada tengo que hacer en esta vida. Nada. Ya nada tengo que hacer.

Y por segunda vez le vimos llorar.

Nos dio pena y miedo y no sabíamos qué hacer ni qué decir. Mi hermano mayor se fue corriendo y nosotros le seguimos. Llegamos a casa *jadeando.* Pero no contamos nada a nadie.

Al día siguiente oimos los comentarios en la cocina.

– ¡Quién lo iba a creer! El pobre Mateo Alfonso ha terminado de vivir. Eso dijo: «He terminado, hermanos, he terminado. Que Dios os acompañe, que yo nada he de hacer ya en este pueblo . . .»

Mateo Alfonso le dio la llave de su casa al juez, y aquella misma mañana se fue a la ciudad, en el coche de línea, para ver si le querían en el *Asilo* de Ancianos.

---

jadear, respirar con mucha prisa, aquí, por haber corrido.
Asilo, lugar donde se recogen las personas pobres o solas para ser cuidadas, en general los ancianos (= viejos).

Preguntas

1. ¿Puede hablar de cómo era el pueblo en el que viven los protagonistas de este relato?
2. ¿Qué relación existe entre Mateo Alfonso y los niños?
3. ¿Puede hablar del carácter de Mateo Alfonso?
4. ¿Por qué desea la mujer de Mateo Alfonso la muerte de éste?
5. ¿Por qué desean los niños la muerte de la mujer de Mateo Alfonso?
6. ¿Cómo interpretan los niños lo que ellos creen la felicidad de Mateo Alfonso?
7. ¿Puede usted hablar de la diferencia entre la visión de las cosas por parte de los mayores y por parte de los niños en este relato y en lo que en él se nos cuenta?

EL REY

La escuela del pueblo estaba en una casa muy vieja, quizá de las más viejas de la aldea. Consistía en una nave larga, dividida en dos secciones (una para los niños, otra para las niñas) con ventanas abiertas a la calleja. Desde las ventanas se veía el río, con su puente y el *sauce*. Más allá, sobre los tejadillos *cobrizos,* las montañas proyectaban su sombra ancha y azul, bajo el gran cielo.

Debajo de la escuela había un pequeño *soportal* sostenido por columnas de madera, quemadas por el tiempo, recorridas por la lluvia y las *hormigas.* En las columnas había nombres de muchachos, unos vivos y otros ya muertos. Encima de la escuela había aún otro piso de techo muy bajo, con dos viviendas: una para el maestro, otra para una mujer viuda, muy pobre, que se llamaba Dorotea Marina. Esta mujer limpiaba, cocinaba y cuidaba del maestro y su vivienda.

Dorotea Marina tenía un hijo. Se llamaba Dino, tenía nueve años, y todos en la aldea sentían por él, si no cariño, compasión. Desde los tres años Dino estaba paralítico de la *cintura* a los pies, y se pasaba la vida en un pequeño silloncito, junto a la ventana. Así, sin otra cosa que hacer, miraba el cielo, los tejados, el río y el sauce: desde los colores *dorados* de la mañana a los colores azules de la tarde. Dino era un niño *deforme,* por la falta de ejercicio y porque no se movía nunca.

Tenía los brazos delgados y largos, y los ojos redondos, grandes.

Dino desde su silla oía el *rumor* de la escuela y los gritos de los muchachos. Conocía las horas de entrada y de salida, las de lectura, las de *Aritmética,* las de *Geografía* . . .

---

cobrizo, de color de cobre.
cintura, la parte más estrecha del cuerpo humano entre los hombros y las piernas.
dorados, aquí, del color del oro.
deforme, aquí, que la forma de su cuerpo no guarda las proporciones normales.
rumor, ruido continuado y no muy fuerte.
aritmética, parte de la ciencia que estudia los números.
geografía, ciencia que trata de la descripción de la tierra.

– Madre, hoy les toca dar *Doctrina* – decía con el cuello alargado como un pájaro, hacia el sonido monótono que subía pared arriba como un ejército de *insectos.*

O bien decía Dino:

– Madre, hoy toca cantar la *Tabla* . . .

De oirles a los chicos, Dino se sabía de memoria algunas cosas.

Los domingos, si hacía sol, o al final de las tardes de verano, cuando el calor no era muy fuerte y la noche llegaba más despacio, su madre le sacaba en brazos al soportal, y así Dino podía ver de cerca a los muchachos y podía hablar algo con ellos. Dino se reía con una risa *menuda* y un tanto dura, como los golpecillos de una piedra blanca contra el suelo, viéndoles salir corriendo, bajar corriendo al río, saltar unos sobre otros jugando. A veces, alguno se le acercaba a cambiar con él *cromos* o bolitas de colores:

– Dino, cámbiame estas . . .

– No, ésa no: está rota . . .

– Ésa ya la tengo . . .

Tabla de sumar

1 + 1 = 2	2 + 1 = 3	3 + 1 = 4
1 + 2 = 3	2 + 2 = 4	3 + 2 = 5
1 + 3 = 4	2 + 3 = 5	3 + 3 = 6
1 + 4 = 5	2 + 4 = 6	3 + 4 = 7
1 + 5 = 6	2 + 5 = 7	3 + 5 = 8
1 + 6 = 7	2 + 6 = 8	3 + 6 = 9
1 + 7 = 8	2 + 7 = 9	3 + 7 = 10
1 + 8 = 9	2 + 8 = 10	3 + 8 = 11
1 + 9 = 10	2 + 9 = 11	3 + 9 = 12

---

doctrina, el estudio de lo que debe saber el cristiano.
insecto, animal pequeño como la hormiga, la abeja, la mosca, etc.
menuda, aquí, breve.
cromo, dibujo en colores vivos (= fuertes) que forma parte de una historieta y que con otros varios de la misma serie la completa.

Se juntaban, entonces, a su alrededor. En una cajita Dino guardaba los cromos del chocolate del maestro y las bolas de cristal. Su madre le tenía siempre muy limpio, y le tenía la cajita siempre cerca, y Dino, sergura-mente, era feliz.

Un día el maestro murió. Estuvieron sin clases un mes, y, al fin, llegó don Fermín.

Don Fermín tenía algo más de cincuenta años, de cabello gris y ojos pequeños y *parpadeantes*. Tenía el rostro cansado y amable, y los muchachos dijeron a la salida de la escuela:

– Este don Fermín es mejor que don Fabián.

Don Fermín tenía buen carácter. Dorotea Marina también comentó, con las mujeres:

– No protesta de nada. No es como el pobre don Fabián, que todo el santo día estaba blasfemando . . .

En la escuela don Fermín quitó los castigos corporales. Los muchachos no estudiaban más con él que con don Fabián, quizá no le obedecieran siempre, pero no le odiaban. Que le quisieran hubiera sido pedirles demasiado.

Don Fermín tenía un aire triste y pensativo. Un día le dijo a Dorotea Marina:

– Desde que murió mi mujer ando por el mundo medio perdido.

Dorotea dio un suspiro y mientras le servía la sopa dijo:

– Así es, la verdad. También a mí me ocurrió lo mismo, cuando murió mi Alejandro. Ya le digo, don Fermín:

parpadeante, que mueve los *párpados.*

si no fuera por mi hijo no sé si no me habría tirado al Agaro.

– ¡Ah! . . . ¿Tiene usted un hijo?

Dorotea *asintió* con aire triste:

– Uno, sí, señor. Cumplió nueve años esta primavera.

– Pues, ¿cuál de ellos es? – dijo don Fermín –. No recuerdo su nombre.

Dorotea Marina le miró con tristeza.

– No, señor. No va a la escuela. ¿No sabe usted? Creí que le habrían dicho . . . como en los pueblos se habla de todo enseguida –. Se lo contó. Don Fermín no dijo nada, y comió con el aire *abstraído* de todos los días y se sentó a reposar junto a la ventana, mientras Dorotea recogía los platos y el mantel, dijo:

– Mujer, quiero conocer a su chico. Vamos: no se le puede tener así, sin escuela, como un animalito. Si él no puede ir a la escuela, iré yo a su casa.

Dorotea juntó las manos y se echó a llorar.

Desde aquel día, don Fermín cuando la clase había *concluído,* pasaba a la vivienda de Dorotea Marina, y enseñaba a leer a Dino.

Pasó el tiempo. Se fue el verano y entró el invierno en la aldea. Dino y don Fermín se hicieron amigos.

Dino aprendió enseguida a leer, y aún a escribir. También «*de cuentas*» como decía Dorotea en la fuente, ante las mujeres que la escuchaban con mucha atención.

---

asintió (asentir) decir que sí, sin palabras, pero con un movimiento de la cabeza.

abstraído, que está muy ocupado con sus pensamientos olvidando el mundo que está alrededor.

concluir, terminar.

de cuentas, lo referente a los números (por ejemplo la suma, la división).

– Ay, mujer, mujer, mi pobrecito Dino, que lee ya tan bien . . . *de corrido* como el señor cura . . .

Dino le tomó cariño a don Fermín. Esperaba siempre su llegada con impaciencia:

– Madre que ya rezan el *Padrenuestro.* Ya van a despedirse de don Fermín . . .

Se oían las seis en el reloj de la torre y los muchachos salían de la escuela. Los oía correr, oía sus gritos, sus pisadas, bajando la escalera *angosta.* Luego oía los pasos lentos, los zapatos que hacían un ruido especial y entraba don Fermín.

– ¡Hola, bandido! – decía.

Dino sonreía y empezaba la lección. Después de la lección, don Fermín seguía allí mucho rato. Esto era lo mejor para Dino. Don Fermín le hablaba, le contaba historias, le explicaba cosas de hombres y de tierras que estaban lejos de allí. Luego, a veces, Dino soñaba, por las noches, con las historias de don Fermín.

– Ay, le llena usted la cabeza, don Fermín – decía Dorotea entre orgullosa y *dolorida* –. ¡Es la vida tan dura luego!

– Él no es como los otros, Dorotea – decía don Fermín –. Ay, no, felizmente, él no es como ninguno de nosotros.

Don Fermín compró libros para el niño. Libros de cuentos, historias que hacían soñar a Dino. Los libros llegaban en el auto de línea, y don Fermín abría el paquete *ceremoniosamente,* ante la impaciente curiosidad de Dino.

---

de corrido, sin detenerse, aquí, sin dudar.
Padre nuestro, Padre nuestro, oración que se hace a Dios Padre.
angosta, estrecha.
dolorida, con pena, con dolor.
ceremoniosamente, obrar de forma no natural y dando mucha impor tancia a lo que se está haciendo.

– A ver, don Fermín, corte usted la cuerda, no la *desate* . . .

– Espera, hijo, espera: no se debe tirar nada . . .

Don Fermín escribía a la ciudad cartitas *pulcras,* con su hermosa letra inglesa: «les ruego se sirvan enviarme *contra reembolso* . . .» Don Fermín se limpiaba los cristales de las gafas con el pañuelo, y, mientras le cocinaba la cena, Dorotea se decía: «Dios sea bendito, que envió a esta casa a don Fermín. ¡Ojalá le viva a mi niño este maestro muchos años!»

Así llegó la Navidad. Don Fermín mandó que comieran en su casa Dorotea y el niño. También entregó a la mujer una cantidad de dinero mayor que otras veces, y le dijo:

– Tome usted, y haga una buena comida: hoy es un día muy señalado.

Dino estaba contento. Y aquella tarde, cuando, sentados junto a la ventana, miraban la nieve, le dijo don Fermín:

– ¿Nunca oiste de los *Reyes Magos*?

No: nunca lo había oido. Si acaso, alguna vez, hacía tiempo. Pero ya no se acordaba. Don Fermín estaba especialmente contento. Le habló a Dino de los Reyes, y Dino le interrumpió:

– ¿Está usted seguro de que se van a acordar de mí este año?

Don Fermín se quedó pensativo.

---

desatar, deshacer el nudo.
pulcra, aquí, bien escritas, con letra clara, cartas limpias y elegantes.
contra-reembolso, forma de pago que consiste en pagar el importe de lo que se recibe, en el mismo momento de recibirlo.
Reyes Magos, (mago = sabio) los que fueron a Belén a visitar al Niño Dios. Son Melchor, Gaspar y Baltasar.

Al día siguiente el maestro le dijo a Dorotea:

– Oiga usted, mujer, le voy a pedir una cosa: búsqueme por ahí colchas, lo que le parezca . . . en fin, cosas bonitas, para hacer como un *disfraz* de rey.

– ¡Ay madre! ¡De rey!

– Se me ha ocurrido . . . le vamos a dar al niño una sorpresa: verá usted, le vamos a decir que el Rey Melchor vendrá en persona a traerle los juguetes . . . ¡Es tan inocente! ¡Es tan distinto a todos! Si así pudiéramos darle la ilusión . . .

– ¡Ay, don Fermín, qué cosas se le ocurren! Y, además ¿qué juguetes ha de tener él, pobre de mí?

– ¡Deje usted de hablar! – don Fermín se impacientó –. Ya sabe usted que los juguetes los mandaré traer yo. Tengo gusto en eso, sí señora . . . ¡Para una alegría, para una ilusión que puede tener el muchacho! Sí, debemos dársela.

Dorotea se quedó pensativa:

– Ay, no sé, no sé . . . Mire, don Fermín, que la vida es muy mala. Que la vida no es buena. ¿No será esto llenarle la cabeza, y luego . . .?

Don Fermín dijo:

– No sé, mujer. Eso no sé . . . Lo único que sé, como usted, es que la vida, de todos modos, es siempre fea. Por eso, si una vez, sólo una vez, la disfrazamos . . . Ande usted, no piense demasiado y vamos a darle esa alegría al niño. El tiempo ya se encargará de *amargársela* . . .

Dorotea movió la cabeza como dudando, pero obedeció.

---

disfraz, traje con el que se desea parecer otra persona distinta de la que se es.
amargársela, hacérsela amarga (= dura, triste, difícil, sin ilusión).

El día cuatro de enero, el disfraz estaba terminado. El ama del cura ayudó a ello, buscando por la *sacristía* cosas viejas.

– Ay, pero que no lo sepa don Vicente, porque si lo sabe, me va a dar unos gritos . . .

– No, mujer: yo no voy a decir nada . . . Es ese don Fermín ¿sabes? que le ha tomado tanto cariño a mi pobrecito . . .

Y, llorando, Dorotea cosió las cosas como mejor supo. A don Fermín le pareció que todo había quedado muy bien: la *túnica* de viejas puntillas, la capa de *damasco* un poco viejo ya con los *bordes* dorados. Luego él mismo con *cartulina* y *purpurina* hizo la corona. Por la noche pasó a ver a Dino:

– ¿Sabes una cosa, Dino? El rey Melchor, en persona, va a traerte los juguetes.

Dino se quedó *estupefacto*. En todo el tiempo que duró la conversación, sus ojos brillaban como las hojas del otoño bajo la lluvia. Dorotea, que les oía desde la cocina, movía la cabeza medio sonriente, medio triste.

El día cinco amaneció brillante. El sol de enero arrancaba *destellos* de la nieve. Don Fermín fue a buscar a Dino,

---

sacristía, lugar de la iglesia, donde se viste el cura para decir la misa y donde se guardan las cosas que pertenecen al *culto* (= servicio a Dios).
túnica, borde, ver ilustración en página 67.
damasco, tela fuerte de seda o de lana con dibujos formados por la misma tela.
cartulina, papel grueso de buena calidad.
purpurina, aquí polvo fino que se pone en las pinturas antes de que se sequen para darles brillo de oro o de plata.
estupefacto, aquí, sin palabras a causa de la impresión que le hace lo que está oyendo.
destellos, brillos.

y, en brazos, lo pasó a su casa. Luego le envolvió las piernas en una manta, y hablaron mucho rato sentados junto a la ventana. Los árboles se veían negros, en la blancura de allá afuera. Sería media tarde cuando unos muchachos llamaron a la puerta de don Fermín. Venían a traerle un regalo de parte de su madre.

– Don Fermín que de parte de mi madre, que le traigo esta *torta.* Eran los hijos de Maximino Cifuentes, el juez. Mientras don Fermín entraba en la *alcoba,* para buscar unas *perras* y algún caramelo, Dino dijo:

– Va a venir el rey Melchor a traerme juguetes, esta noche . . . Paco, el hijo mayor de Maximino, se quedó con la boca abierta.

– ¡*Arrea*!

– ¡El rey, dice!

Dino sonrió.

– Sí, el mismo rey . . . don Fermín lo ha dicho. Vendrá esta noche ¿sabéis? Dice don Fermín que me esté sin dormir hasta las doce . . . pero de todos modos, como me dormiré, dice que ya vendrán a despertarme . . . Pero yo he de hacer como si estuviera dormido, para que el rey no sepa que estoy despierto, porque si estoy despierto se irá sin dejarme nada: así, con un ojo abierto, le veré como entra y como deja los regalos . . .

Al lado, en la alcoba, don Fermín escuchó:

– ¡Anda, tú; lo que dice éste . . .! ¡Mentira!

---

torta, dulce, en general de forma redonda que se cocina a fuego lento.
alcoba, cuarto destinado para dormir, generalmente interior.
perras, moneda de muy poco valor, de cinco céntimos de peseta (= perra chica) o de 10 (= perra gorda).
arrea, huy, exclamaciones con las que se indica admiración o asombro.

– ¡No es mentira!

– No seas tan tonto . . . ¡no lo creas!

– Sí lo creo . . . ¡y si tú no lo crees, ven a verlo, si quieres!

– No – dijo Paco – ¡Cuéntanoslo tú!

En la alcoba don Fermín se sentó en la cama. Sus ojos pequeños parpadeaban, y escuchó:

– Ahora mismo, si quiero, lo puedo contar . . . no necesito que pase para saberlo. Si quiero, ahora mismo lo cuento, porque lo sé muy bien . . .

– ¡Pues cuéntalo!

Don Fermín imaginaba los ojos redondos de Dino, llenos de oro, como con gotas de agua brillando dentro.

– Pues vendrá el rey . . . y primero oiré música.

– ¡*Huy,* música, dice . . .!

– Sí, música, ¿cómo va a venir el rey sin música? Se oirá una música muy bonita, y luego, toda la ventana se llenará de oro. Así, como lo oyes: toda la madera del cuarto se volverá de oro: el suelo, la cama, todo . . . Porque la luz que entrará por la ventana todo lo volverá de oro. Luego, por encima de la montaña, se pondrán en fila las estrellas. Después . . .

– Después, ¿qué?

– Pues vendrán los reyes. Vendrán en *camellos,* porque dice don Fermín que montan en camellos. Yo veré cómo se acercan los camellos: primero, de lejos, muy pequeños, y luego se van haciendo más grandes poco a poco: y serán un camello blanco, otro camello negro y otro camello amarillo . . . Y vendrán por el aire ¿sabes? Traerán muchos criados y *pajes*: vestidos de miles de colores. Y traerán flores y ramos.

– ¡Huy, flores en enero!

– Y qué, ¿no son magos, acaso? También traerán *ele-*

fantes blancos. Vendrán con cien elefantes blancos cargados de regalos hasta las nubes. Entonces el rey Melchor que es el mío dará un paso hacia adelante. Lleva un traje de plata o de oro y una corona de *piedras preciosas* y de estrellas: y la *cola* del *manto* le arrastra por el suelo y tiene la barba blanca y le llega hasta la cintura. ¡Todo eso lo veré

---

piedras preciosas, las que por su belleza se emplean para hacer joyas, por ejemplo sortijas.

yo esta noche! Y el rey pondrá una escalera de oro, muy larga, en mi ventana. Y subirá por ella . . .

Don Fermín oyó más y más cosas . . . Tantas, que *perdió el hilo* de aquellas palabras. Al fin, se levantó y llamó a Paco:

– Venid acá, muchachos . . .

Los chicos entraron.

– Tomad estos caramelos . . . Marchad.

Los chicos salieron, y don Fermín se quedó solo. Abrió el armario y contempló el disfraz del rey. La tela vieja, que había perdido ya el color, la corona de cartulina pintada. Llamó:

– Dorotea . . .

La mujer entró.

– Mire usted, ¿sabe? – dijo don Fermín, sin mirarla – . He pensado que tenía usted razón: mejor será no despertar al niño esta noche . . . que crea que el rey vino cuando él dormía. Tenía usted razón, mujer: la vida es otra cosa. Mejor es no llenarle al chico la cabeza.

---

perder el hilo, no poder seguir la conversación.

Preguntas

1. Hable de los personajes de este relato.
2. ¿Puede usted hablar del mundo interior de Dino?
3. ¿Por qué don Fermín cambió de opinión?
4. ¿Puede usted comparar la realidad del 'rey' con el 'rey' que imaginaba Dino?
5. ¿Puede comentar la oposición realidad/sueño en este relato?
6. ¿Cómo es la vida de los niños en ese pueblo?
7. ¿Puede comparar a Dino con los otros niños? ¿Señalar las diferencias?
8. ¿Puede comentar el estado de ánimo de don Fermín al final del relato?

LA CONCIENCIA

Ya no podía más. Estaba convencida de que no podría resistir más tiempo la presencia de aquel vagabundo. Estaba decidida a terminar. Acabar de una vez, aunque fuera muy malo acabar, antes que soportar su *tiranía.*

Llevaba casi quince días en aquella lucha. Lo que no comprendía era la *tolerancia* de Antonio para con aquel hombre. No: verdaderamente, era extraño.

El vagabundo pidió *hospitalidad* por una noche: la noche del miércoles *de ceniza,* exactamente cuando el viento arrastraba un polvo negro que golpeaba los cristales de las ventanas con un golpe seco. Luego el viento dejó de oirse. Llegó una calma extraña a la tierra, y ella pensó, mientras cerraba las ventanas.

– No me gusta esta calma.

Y tenía razón. No había terminado de cerrar la puerta cuando llegó aquel hombre. Oyó su llamada, sonando atrás, en la puertecilla de la cocina:

– Posadera . . .

Mariana se asustó. El hombre, viejo y *andrajoso* estaba allí con el sombrero en la mano, en actitud de pedir.

– *Dios le ampare* . . . – empezó a decir. Pero los ojillos

---

tiranía, el poder que tiene y ejerce una persona sobre otra.
tolerancia, acción de tolerar, aquí, aguantar la presencia del viejo.
hospitalidad, acción de recoger a los pobres o a los que tienen necesidad.
de ceniza, el primer día de la Cuaresma (= los cuarenta días hasta la resurrección (= vuelta a la vida) de Jesucristo.
andrajoso, cubierto de *andrajos* (= trozo de tela, o vestidos, muy usada y sucia.)
Dios le ampare, fórmula con la que se despide a un pobre que pide algo (= limosna) y a quien no se le da nada (*amparar* = proteger).

del vagabundo la miraban de un modo extraño. De un modo que le cortó las palabras.

Muchos hombres como él pedían el favor de que les dejaran dormir en algún lugar en las noches de invierno. Pero había algo en aquel hombre que, sin motivo, le dio miedo, le causó un gran miedo.

El vagabundo empezó a decir: «Por una noche, que le dejaran dormir en la *cuadra*; un pedazo de pan y la cuadra: no pedía más. Se veía venir la tormenta . . .»

En efecto, allá afuera, Mariana oyó el golpear de la lluvia contra la puerta. Una lluvia fuerte, gruesa, anuncio de la tormenta que iba llegando.

– Estoy sola – dijo Mariana –. Quiero decir . . . cuando mi marido está por los caminos no quiero gente desconocida en casa. Vete, y que Dios te ampare.

Pero el vagabundo se estaba quieto, mirándola. Se puso el sombrero lentamente, y dijo:

– Soy un pobre viejo, posadera. Nunca hice mal a nadie. Pido bien poco: un pedazo de pan . . .

En aquel momento las dos criadas, Marcelina y Salomé, entraron corriendo. Venían de la huerta, con los delantales sobre la cabeza, gritando y riendo. Mariana sintió un raro *alivio* al verlas.

– Bueno – dijo –. Está bien . . . Pero sólo por esta noche. Que mañana cuando me levante no te encuentre aquí . . .

El viejo se inclinó, sonriendo, y dijo un extraño *romance* de gracias.

Mariana subió la escalera y fue a acostarse. Durante la

---

cuadra, lugar donde están los animales recogidos para dormir.
alivio, aquí, tranquilidad.
romance, composición poética.

noche la tormenta golpeó las ventanas de la alcoba y durmió mal. A la mañana siguiente, al bajar a la cocina, daban las ocho en el reloj que estaba encima de la cómoda. Al entrar en la cocina se quedó sorprendida. Sentado a la mesa, tranquilo y descansado, el vagabundo desayunaba en abundancia: huevos fritos, un gran trozo de pan, vino . . . Mariana sintió ira y a la vez . . . este sentimiento de ira estaba mezclado con un sentimiento de temor, y se dirigió a Salomé que tranquilamente trabajaba en la cocina:

– ¡Salomé! – dijo, y su voz le sonó dura –. ¿Quién te ordenó dar a este hombre . . . y cómo no se ha marchado al *alba*?

Sus palabras se cortaban, por la rabia que la iba dominando. Salomé no supo qué decir y se quedó con la *espumadera* en alto que goteaba en el suelo.

– Pero yo . . . – dijo. Él me dijo . . .

El vagabundo se había levantado y se limpiaba lentamente los labios con la mano.

– Señora – dijo –, señora, usted no recuerda . . . usted dijo anoche «Que le den al pobre viejo una cama en el *altillo* y que le den de comer cuanto pida». ¿No lo dijo anoche la señora posadera? Yo lo oía bien claro . . .

Mariana quiso decir algo, pero de pronto se le había helado la voz. El viejo la miraba de un modo intenso, con sus ojillos negros y penetrantes. Dio media vuelta y salió, intranquila, de la cocina, hacia el huerto.

El día amaneció gris, pero la lluvia había *cesado*. Maria-

---

al alba, al amanecer.
espumadera, ver ilustración en página 31.
altillo, la parte alta de la casa, en la que por lo general no se vive.
cesar, aquí, dejar de llover.

na sintió frío. La hierba estaba muy mojada, y allá lejos, la carretera se borraba en una delgada neblina. Oyó detrás de ella la voz del viejo, y sin querer, apretó las manos una contra otra.

– Quisiera hablarle algo, señora posadera. . . Algo sin importancia.

Mariana no se movió y seguía mirando hacia la carretera.

– Yo soy un viejo vagabundo . . . pero a veces, los viejos vagabundos se enteran de las cosas. Sí: yo estaba 'allí'. 'Yo lo vi,' señora posadera. 'Lo vi, con estos ojos . . .'

Mariana abrió la boca. Pero no pudo decir nada.

– ¿Qué estás hablando ahí, *perro*? – dijo –. ¡Te advierto que mi marido llegará con el carro a las diez, y no aguanta bromas de nadie!

– ¡Ya lo sé, ya lo sé que no aguanta bromas de nadie! – dijo el vagabundo –. Por eso, no querrá que sepa nada . . . nada de lo que yo 'vi' aquel día ¿No es verdad?

Mariana se volvió rápidamente. La ira había desaparecido. Su corazón *latía* con fuerza. «¿Qué dice? ¿Qué es lo que sabe . . .? ¿Qué es lo que vio?» Pero no dijo nada. Se *limitó* a mirarle, llena de *odio* y de miedo. El viejo sonreía con su boca sin dientes.

– Me quedaré aquí un tiempo, buena posadera: sí, un tiempo para tomar nuevas fuerzas, hasta que vuelva el sol. Porque ya soy viejo y tengo las piernas muy cansadas. Muy cansadas . . . Mariana se fue corriendo. El viento, fino, le daba en la cara. Cuando llegó al borde del po-

---

perro, aquí un insulto de carácter peyorativo 'hombre miserable y malo'.
latir, golpear.
limitarse a, no hacer otra cosa, aquí, no hacer otra cosa que mirar.
odio, antipatía hacia una persona cuyo mal se desea.

zo se paró. El corazón parecía que quería salírsele del pecho.

Aquél fue el primer día. Luego, llegó Antonio con el carro. Antonio llevaba mercancías de Palomar, cada semana. Además de posaderos, tenían el único comercio de la aldea. Su casa, ancha y grande, rodeada por el huerto, estaba a la entrada del pueblo. Vivían con *desahogo* y en el pueblo Antonio tenía fama de rico. «Fama de rico», pensaba Mariana, intranquila. Desde la llegada del vagabundo, Mariana estaba pálida, no tenía ganas de nada. «Y si no lo fuera, ¿me habría casado con él, acaso?» No. No era difícil comprender por qué se había casado con aquel hombre *brutal,* que tenía catorce años más que ella. Un hombre *hosco* y temido, solitario. Ella era guapa. Sí: todo el pueblo lo sabía y decía que era guapa. También Constantino, que estaba enamorado de ella. Pero Constantino era un simple *aparcero,* como ella. Y ella estaba harta de pasar hambre, de trabajos y de tristezas. Por eso se casó con Antonio.

Mariana sentía miedo. Un miedo extraño. Hacía casi quince días que el viejo había entrado en la posada. Dormía, comía y se sentaba tranquilamente al sol, en los ratos en que el sol salía. Junto a la puerta del huerto, se sentaba el vagabundo a tomar el sol. El primer día Antonio preguntó:

– ¿Y ése, qué hace ahí?

---

desahogo, aquí, sin problemas económicos.
brutal, hombre cuyo modo de ser es violento y sin consideraciones. Ver nota *bruto* en página 85.
hosco, hombre difícil en su trato.
aparcero, persona que trabaja en *aparcería* (= contrato de sociedad para repartir los beneficios entre el dueño de la tierra y el que la trabaja).

– Me dio lástima – dijo ella apretando entre los dedos los flecos de su *chal* –. Es tan viejo . . . y hace tan mal tiempo . . .

Antonio no dijo nada. Le pareció que iba hacia el viejo para echarle de allí. Y ella corrió escaleras arriba. Tenía miedo. Sí: tenía mucho miedo . . . «Si el viejo vio a Constantino subir al árbol, que está bajo la ventana. Si le vio saltar a la habitación, las noches que iba Antonio con el carro, de camino . . . ¿Qué podía querer decir, si no, con aquello de 'lo vi todo, sí, lo vi todo, lo vi con estos ojos'?»

Ya no podía más. No: ya no podía más. El viejo no se limitaba a vivir en la casa. Pedía dinero, ya. Había empezado a pedir dinero, también. Y lo extraño es que Antonio no volvió a hablar de él. Se limitaba a ignorarle. Sólo que, de cuando en cuando, la miraba a ella. Mariana sentía la mirada de sus ojos grandes, negros y brillantes. Y tenía miedo.

Aquella tarde Antonio se marchaba a Palomar. Estaba terminando de atar los *mulos* al carro, y oía las voces del *mozo,* mezcladas con las de Salomé, que le ayudaba. Mariana sentía frío. «No puedo más. Ya no puedo más. Vivir así es imposible. Le diré que se marche, que se vaya. La vida no es vida de esta manera.» Se sentía enferma. Enferma de miedo. Lo de Constantino, por su miedo, había cesado. Ya no podía verlo. La idea de verlo la hacía temblar. Sabía que Antonio la mataría. Estaba segura de que la mataría. Le conocía bien.

Cuando vio el carro perdiéndose por la carretera bajó a la cocina. El viejo parecía dormir junto al fuego. Le miró, y se dijo: «Si tuviera valor, le mataría.» Allí estaban las *tenazas* de hierro. Pero no lo haría. Sabía que no podía hacerlo. «Soy cobarde. Soy una gran cobarde y tengo amor a la vida.» Esto la perdía: «Este amor a la vida . . .»

– Viejo – exclamó. Aunque habló con *voz queda,* el vagabundo abrió uno de sus ojillos. «No dormía», se dijo Mariana. «No dormía.»

– Ven conmigo – le dijo –. Te he de hablar.

El viejo la siguió hasta el pozo. Allí Mariana se volvió a mirarle.

– Puedes hacer lo que quieras, perro. Puedes decirlo todo a mi marido, si quieres. Pero tú te marchas. Te vas de esta casa, en seguida . . .

El viejo calló durante unos segundos. Luego, sonrió.

– ¿Cuándo vuelve el señor posadero?

---

mulo, animal hijo de *asno* (= burro) y *yegua* (= hembra del caballo) o de caballo y asna.

mozo de carro, criado que cuida del carro y de los animales que lo llevan.

tenazas, ver ilustración en página 75.

voz queda, aquí, voz tranquila, en voz baja.

Mariana estaba blanca. El viejo observó su rostro hermoso. Había adelgazado.

– Vete – dijo Mariana –. Vete en seguida.

Estaba decidida. Sí: en sus ojos lo leía el vagabundo. Estaba decidida y desesperada. Él tenía experiencia y conocía esos ojos. «Ya no hay nada que hacer», se dijo, con filosofía. «Ha terminado el buen tiempo. Acabaron las buenas comidas, la buena cama. Adelante, viejo perro, adelante. Hay que seguir.»

– Está bien – dijo –. Me iré. Pero él lo sabrá todo . . .

Mariana seguía en silencio. Quizá estaba aún más blanca. De pronto, el viejo tuvo un ligero temor: «Ésta es capaz de hacer algo *gordo.* Sí: es de esa clase de gente que se cuelga de un árbol o cosa así». Sintió *piedad.* Era joven aún, hermosa.

– Bueno – dijo – Ha ganado la señora posadera. Me voy . . . ¿qué le vamos a hacer? La verdad, nunca me hice demasiadas ilusiones . . . Claro que pasé muy buen tiempo aquí. No olvidaré las comidas de Salomé ni el vinito del señor posadero . . . No lo olvidaré. Me voy.

– Ahora mismo – dijo ella, de prisa –. Ahora mismo, vete . . . ¡Y ya puedes correr, si quieres alcanzarle a él! Ya puedes correr, con tus cuentos sucios, viejo perro . . .

El vagabundo sonrió con dulzura. Cogió su cayado y su zurrón. Iba a salir, pero, ya en la *empalizada,* se volvió:

empalizada

gordo, aquí, algo que puede tener consecuencias graves.
piedad, compasión.

– Naturalmente, señora posadera, 'yo no vi nada'. Vamos: ni siquiera sé si había algo que ver. Pero llevo muchos años de camino, ¡tantos años de camino! Nadie hay en el mundo con la conciencia pura, ni siquiera los niños. No: ni los niños siquiera, hermosa posadera. Mira a un niño a los ojos y dile: «¡Lo sé todo! Anda con cuidado . . .» Y el niño temblará. Temblará como tú, hermosa posadera.

Mariana sintió algo extraño en el corazón. No sabía si era amargo o lleno de una gran alegría. No lo sabía. Movió los labios y quiso decir algo. Pero el viejo vagabundo cerró la empalizada tras él, y se volvió a mirarla. Su risa era *maligna* al decir:

– Un consejo, posadera: vigila a tu Antonio, Sí: el señor posadero también tiene motivos para permitir que en su casa estén los viejos vagabundos. ¡Motivos muy buenos, juraría yo, por el modo como me miró!

La niebla, por el camino se hacía más espesa, se hacía baja, Mariana le vio marcharse, hasta perderse en la lejanía.

---

maligna, de mala intención.

Preguntas

1. ¿Qué relación parece haber entre Mariana y Antonio?
2. ¿Por qué se casó Mariana con Antonio?
3. Hable del carácter de Antonio y del de Mariana.
4. ¿Cómo considera usted la conducta del viejo?
5. ¿Qué piensa usted de la vida de Mariana?
6. ¿Qué hará Mariana en el futuro?
7. Hable de la vida interior de cada uno de los cuatro personajes principales de este relato.

LA RAMA SECA

Apenas tenía seis años y aún no la llevaban al campo. Era por el tiempo de la siega, con un calor grande sobre los campos. La dejaban en casa cerrada con llave, y le decían:

– Que seas buena, que no *alborotes*: si algo te pasa asómate a la ventana y llama a doña Clementina.

Ella decía que sí con la cabeza. Pero nunca le ocurría nada, y se pasaba el día sentada al borde de la ventana, jugado con «Pipa».

Doña Clementina la veía desde el huertecillo. Sus casas estaban pegadas la una a la otra, aunque la de doña Clementina era mucho más grande, y tenía, además, un huerto con un peral y dos ciruelos. Al otro lado del muro se abría la *ventanuca* tras la cual la niña se sentaba siempre. A veces doña Clementina levantaba los ojos de su labor y la miraba.

– ¿Qué haces, niña?

La niña tenía la carita delgada, pálida, entre las *flacas trenzas* de un negro *mate.*

– Juego con «Pipa» – decía.

Doña Clementina seguía cosiendo y no volvía a pensar en la niña. Luego, poco a poco, fue escuchando aquel raro *parloteo* que le llegaba de lo alto, a través de las ramas del peral. En su ventana, la pequeña de los Mediavilla se pasaba el día hablando, al parecer, con alguien.

---

alborotar, hacer ruido.
ventanuca, ventana pequeña, ver ilustración en página 83.
flacas, delgadas, de poco pelo.
trenzas, ver ilustración en página 83.
mate, sin brillo.
parloteo de *parlotear,* hablar de cosas sin importancia.

– ¿Con quién hablas, tú?

– Con «Pipa».

Doña Clementina, día a día, se llenó de una curiosidad *leve,* tierna por la niña y por «Pipa». Doña Clementina estaba casada con don Leoncio, el médico. Don Leoncio era un hombre *adusto,* y a quien le gustaba el vino, y se pasaba el día *renegando* de la aldea y de sus habitantes. No tenían hijos y doña Clementina estaba ya acostumbrada a su soledad. En un principio apenas pensaba en aquella *criaturita* también solitaria, que se sentaba a la ventana. Por piedad la miraba de cuando en cuando y se aseguraba de que nada malo le ocurría. La mujer Mediavilla se lo pidió:

– Doña Clementina, ya que usted *cose* en el huerto por las tardes, ¿querrá echar de cuando en cuando una mirada a la ventana, por si le pasara algo a la niña? Sabe usted, es aún muy pequeña para llevarla al campo.

– Sí, mujer, nada me cuesta. Marcha tranquila ...

Luego, poco a poco, la niña de los Mediavilla y su parloteo, allá arriba, fueron metiéndosele pecho adentro.

– Cuando acaben los trabajos del campo y la niña vuelva a jugar a la calle, lo voy a *echar en falta* – se decía.

Un día, por fin, se enteró de quién era «Pipa».

– La *muñeca* – explicó la niña.

– Enséñamela ...

---

leve, ligera, no grande.
adusto, hosco, severo y melancólico.
renegar de, decir cosas desagradables de, despreciar.
criaturita, dim. de *criatura,* ver nota en página 33.
coser, unir con hilo y aguja dos o más trozos de tela para hacer algo (por ejemplo un vestido).
echar en falta, echar de menos.
muñeca, ver ilustración en página 82.

La niña levantó en su mano un objeto que doña Clementina no podía ver claramente.

– No la veo, hija. Tíramela . . .

La niña no sabía qué hacer.

– Pero luego, ¿me la devolverá?

– Claro está . . .

La niña le tiró a «Pipa». Doña Clementina cuando la tuvo en sus manos, se quedó pensativa. «Pipa» era simplemente una ramita seca envuelta en un trozo de *percal* sujeto con un *cordel*. Le dio la vuelta entre los dedos y miró hacia la ventana con una especie de tristeza. La niña la miraba con ojos impacientes y extendía las dos manos.

– ¿Me la da, doña Clementina . . .?

Doña Clementina se levantó de la silla y *arrojó* de nuevo a «Pipa» hacia la ventana. «Pipa» pasó sobre la cabeza de la niña y entró en la oscuridad de la casa. La cabeza de la niña desapareció y después de pasado un rato, apareció de nuevo, *embebida* en su juego.

Desde aquel día, doña Clementina empezó a escucharla. La niña hablaba *infatigablemente* con «Pipa».

– «Pipa», no tengas miedo, estáte quieta. ¡Ay, «Pipa», cómo me miras! Cogeré un palo grande y le romperé la cabeza al *lobo*. No tengas miedo, «Pipa» . . . Siéntate, estáte quietecita, te voy a contar: el lobo está ahora escondido en la montaña . . .

muñeca

percal, una clase de tela, por lo general no muy cara.
arrojar, tirar.
embebida, muy atenta en lo que hacía.
infatigablemente, sin cansarse.

La niña hablaba con «Pipa» del lobo, del hombre *mendigo* con su *saco* lleno de gatos muertos, del *horno* del pan, de la comida. Cuando llegaba la hora de comer, la niña cogía el plato que su madre le dejó tapado, junto a la lumbre. Lo llevaba a la ventana y comía despacito, con su cuchara de hueso. Tenía a «Pipa» en las rodillas, y la hacía *participar* de su comida.

– Abre la boca, «Pipa», que pareces tonta . . .

Doña Clementina la oía en silencio: la escuchaba, bebía cada una de sus palabras. Igual que escuchaba al

---

mendigo, hombre pobre que pide limosna.
horno, lugar donde se cuece (de cocer) el pan.
participar, tomar parte.

viento sobre la hierba y entre las ramas o la *algarabía* de los pájaros.

Un día la niña dejó de asomarse a la ventana. Doña Clementina le preguntó a la mujer Mediavilla:

– ¿Y la pequeña?

– ¡Ay! Está enferma, sabe usted. Don Leoncio dice que tiene las fiebres de Malta.

– No sabía nada . . .

Claro, ¿cómo iba a saber algo? Su marido nunca le contaba lo que pasaba en la aldea.

Sí – continuó explicando la mujer de Mediavilla –. Se conoce que algún día debí dejarme la leche sin hervir . . . ¿sabe usted? ¡Tiene una tanto que hacer! Ya ve usted, ahora hasta que la niña se ponga buena tengo que privarme de los brazos de Pascualín.

Pascualín tenía doce años y se quedaba en casa durante el día al cuidado de la niña. En realidad, Pascualín salía a la calle o se iba a robar fruta al huerto vecino, al del cura o al del alcalde. A veces, doña Clementina oía la voz de la niña que llamaba. Un día se decidió a ir, aunque sabía que su marido la *regañaría.*

La casa era pequeña, oscura y olía mal. Junto al establo nacía una escalera, en la que se acostaban las gallinas. Subió, pisando con cuidado. La niña la debió oir porque gritó: – ¡Pascualín! ¡Pascualín!

Entró en una habitación muy pequeña, a donde llegaba la claridad por una ventana muy pequeña. Afuera, al otro lado, debían moverse las ramas de algún árbol, porque la luz era de un verde fresco, extraño, como un sueño

---

algarabía, aquí, las voces mezcladas de los pájaros.
regañar, reñir.

en la oscuridad. La luz verde iba a dar contra la *cabecera* de la cama de hierro en que estaba la niña. Al verla abrió más sus ojos medio cerrados.

– Hola, pequeña – dijo doña Clementina –. ¿Cómo estás?

La niña empezó a llorar de un modo suave y silencioso. Doña Clementina miró a la niña.

– Sabe usted – dijo la niña –, Pascualín es malo. Es un *bruto*. Dígale usted que me devuelva a «Pipa», que me aburro sin «Pipa» . . . Seguía llorando. Doña Clementina no estaba acostumbrada a hablar a los niños, y algo extraño parecía que le apretaba en la garganta y en el corazón.

Salió de allí, en silencio, y buscó a Pascualín. Estaba sentado en la calle, con la espalda apoyada en el muro de la casa. Iba descalzo y sus piernas brillaban al sol como si fueran de cobre.

– Pascualín – dijo doña Clementina.

El muchacho levantó hacia ella sus ojos *desconfiados*. Tenía los ojos grises y el cabello le crecía como el de una muchacha, por encima de las orejas.

– Pascualín ¿qué hiciste de la muñeca de tu hermana? Devuélvesela.

Pascualín dijo una blasfemia y se levantó.

– ¡Anda! ¡La muñeca, dice!

Dio media vuelta y se fue hacia la casa, diciendo algo que doña Clementina no pudo entender.

Al día siguiente, doña Clementina volvió a visitar a la

---

cabecera, ver ilustración en página 20.
bruto, aquí, niño malo, que no tiene cuidado con lo que hace.
desconfiado, sin confianza, que no se confía.

niña. En cuanto la vio, como si se tratara de una *cómplice,* la pequeña le habló de «Pipa»:

– Que me traiga a «Pipa», dígaselo usted, que la traiga . . . La niña lloraba y la cara se le llenaba de lágrimas que caían sobre la manta.

– Yo te voy a traer una muñeca, no llores.

Doña Clementina dijo a su marido, por la noche:

– Mañana tengo que ir a Fuenmayor, a hacer unas compras.

– Vete – respondió el médico, con la cabeza detrás del periódico.

A las seis de la mañana doña Clementina subió en el auto de línea, y a las once bajó en Fuenmayor. En Fuenmayor había tiendas, mercado y un gran bazar llamado «El Ideal». Doña Clementina llevaba sus pequeños ahorros envueltos en un pañuelo de seda. En «El Ideal» compró una muñeca de cabello *crespo* y ojos redondos y fijos que le pareció muy hermosa. «La pequeña va a alegrarse de veras», pensó. Le costó más cara de lo que pensaba, pero pagó de buena gana.

Anochecía ya cuando llegó a la aldea. Subió la escalera y, algo *avergonzada* de sí misma, notó que su corazón latía fuerte. La mujer Mediavilla estaba ya en casa, preparando la cena. En cuanto la vio levantó las dos manos.

– ¡Ay, usted, doña Clementina! ¡Válgame Dios, ya perdonará la manera en que la recibo! ¡Quién iba a pensar . . .!

Doña Clementina dijo:

---

cómplice, que toma parte en algo de acuerdo con otra persona.
crespo, rizado.
avergonzado, que siente vergüenza.

– Venía a ver a la pequeña: le traigo un juguete . . .

Muda de *asombro* la Mediavilla la hizo pasar.

– Ay, mira quien viene a verte . . .

La niña levantó la cabeza de la *almohada*. La llama del candil de aceite, clavado en la pared, temblaba, amarilla.

– Mira lo que te traigo: te traigo otra «Pipa», mucho más bonita. Abrió la caja y la muñeca apareció, rubia y extraña.

Los ojos negros de la niña estaban llenos de una luz nueva, que casi *embellecía* su carita *fea*. Una sonrisa se le iniciaba, que se enfrió enseguida cuando vio la muñeca. Dejó caer de nuevo la cabeza en la almohada y empezó a llorar despacio y silenciosamente, como hacía siempre que lloraba.

– No es «Pipa» – dijo –. No es «Pipa».

La madre empezó a *chillar*:

– ¡*Habráse* visto la tonta! ¡Habráse visto, la *desagradecida*! ¡Ay, por Dios, doña Clementina, no se lo tenga usted en cuenta, que esta niña nos ha salido tonta . . .!

Doña Clementina parpadeó. (Todos en el pueblo sabían que era una mujer tímida y solitaria, y le tenían cierta compasión.)

– No importa, mujer – dijo, con una pálida sonrisa –. No importa.

Salió. La mujer Mediavilla cogió la muñeca entre sus manos, como si fuera una flor lo que cogía.

---

asombro, admiración.
almohada, ver ilustración en página 20.
embellecer, hacer bello.
fea, no guapa.
chillar, aquí, gritar dando grandes voces al hablar.
habráse, se habrá.
desagradecida, que no es agradecida.

– ¡Ay, madre, y qué cosa más bonita! ¡Habráse visto la tonta ésta . . .!

Al día siguiente doña Clementina recogió en el huerto una ramita seca y la envolvió en un *retal.* Subió a ver a la niña:

– Te traigo a tu «Pipa».

La niña levantó la cabeza con la *viveza* del día anterior. De nuevo la tristeza subió a sus ojos oscuros.

– No es «Pipa».

Día a día, doña Clementina hizo «Pipa» tras «Pipa», sin ningún resultado. Una gran tristeza la llenaba, y el caso llegó a oídos de don Leoncio.

– Oye, mujer: que no sepa yo de más *majaderías* de ésas . . . ¡Ya no estamos, *a estas alturas,* para andar siendo el *hazmerreir* del pueblo! Que no vuelvas a ver a esa muchacha: se va a morir de todos modos . . .

– ¿Se va a morir?

– Pues claro, ¡qué remedio! Los Mediavilla no tienen posibilidades para pensar en otra cosa . . . ¡Va a ser mejor para todos!

En efecto, apenas iniciado el otoño, la niña se murió. Doña Clementina sintió una pena muy grande, allí dentro, donde un día le naciera tan tierna curiosidad por «Pipa» y su pequeña madre.

Fue a la primavera siguiente, ya en pleno *deshielo,*

---

retal, trozo de tela, generalmente pequeño y que sobra de una labor.
viveza, aquí, rapidez (vivo).
majaderías, tonterías.
a estas alturas, aquí, 'a nuestra edad'.
hazmerreir, persona ridícula y que hace reir a los demás a costa de ella (haz-me reir).
deshielo, época del año en la que el hielo se deshace.

cuando una mañana, rebuscando en la tierra, bajo los ciruelos, apareció la ramita seca, envuelta en su pedazo de percal. Estaba quemada por la nieve, *quebradiza* y el color rojo de la tela se había vuelto de un rosa *desvaído*. Doña Clementina tomó a «Pipa» entre sus dedos, la levantó con respeto y la miró bajo los rayos pálidos del sol.

– Verdaderamente – se dijo –. ¡Cuánta razón tenía la pequeña! ¡Qué cara tan hermosa y triste tiene esta muñeca!

---

quebradiza, que se rompe con facilidad, *quebrar* = romper.
desvaído, aquí, pálido.

Preguntas

1. Hable de la relación entre la niña y «Pipa».
2. ¿Puede comentar el carácter de don Leoncio?
3. ¿Puede hablar de la situación en que vivía la familia Mediavilla? ¿Por qué dice don Leoncio que es mejor que la niña se muera? ¿Qué clase de médico es éste?
4. ¿Puede hablar de los sentimientos de doña Clementina hacia la niña? ¿Puede comparar los dos tipos de soledad?
5. ¿Por qué quiere doña Clementina encontrar una «Pipa»?
6. Comente usted la frase de A. María Matute (pág. 88) «Pipa y su pequeña madre» y establezca una relación con doña Clementina y su falta de hijos.

LOS PÁJAROS

Vivía muy apartado de la aldea, en el principio del camino de la Cruz del Vado, más allá de las últimas casas. Su padre era el guardabosques de los Amarantos y llevaban los dos una vida solitaria y *huraña.* En el pueblo no querían al guardabosque por su profesión. Al muchacho casi no le conocían.

Un día, buscando flores, llegué hasta su *choza.* Al verla me dió un golpe el corazón, porque me vinieron a la memoria todas las historias que oí en la aldea sobre el guardabosques y su hijo.

– Ese hombre lleva algo malo dentro – decían.

– Sí: alguna muerte pesa sobre su conciencia . . .

– ¡Por algo le abandonó su mujer!

Pocos días antes cumplí yo nueve años, y, aunque no entendía aún muchas cosas de las que decían del guardabosques me entró un miedo muy grande. Me sentía cansada y me detuve junto a los árboles que rodeaban la choza. Entonces, me di cuenta de que había entrado en las tierras de los Amarantos, y pensé con miedo:

«Tal vez, si me ven, me maten. Sí; quizá me peguen un tiro, al verme aquí. Creerán que vine a robar leña, como Pascualín . . .» Me acordé de Pascualín, el hijo pequeño de Teodosia Alejandria, fue a robar leña a los bosques de los Amarantos y el guardabosques le dio una gran *paliza,* que casi lo mata. Eso dijo Pascualín, echando sangre por la nariz, cuando volvió. (Claro que a Pascualín todos le

---

huraña, hosca.
choza, ver ilustración en página 51.
paliza, gran cantidad de golpes dados con un palo o con otra cosa.

tenían por un gran mentiroso, y su misma madre decía de él que no se le podía creer en nada . . .) De todos modos sentí mucho miedo cuando oí que alguien se acercaba.

Temblando, levanté los ojos, y un gran terror me dejó *paralizada*. Allí estaba el guardabosques, *escopeta* al hombro. Llevaba *zahones* de cuero, como los *pastores* del abuelo. Quise gritar, pero la voz no me salía de la garganta. El guardabosques me miraba con sus ojos azules

paralizada, que no puede moverse, aquí, a causa del miedo.
pastor, el que cuida el ganado, por lo general se entiende el de *ovejas* (ilustración en página 48.)

muy juntos, y se acercaba a mí. Me decía algo, pero yo no le oía. *Súbitamente,* eché a correr y me caí. Ni siquiera entonces pude gritar.

Creo que debí perder el conocimiento porque no recuerdo lo que ocurrió después. Solamente sé que me llevaron a la choza que tanto miedo me daba. Después sin saber cómo ni de qué manera estaba sentada en un silloncito, junto a la lumbre. El guardabosques me curaba la rodilla y la cara de un modo extraño: me ponía en la herida algo que olía a *vinagre.*

Le miré un rato, aún, con la garganta seca. Sentía el dolor de la caída, pero en las montañas los golpes eran frecuentes: caídas desde los muros de piedra, y una vez, una terrible caída desde las ramas de un ciruelo. Nunca antes había perdido el conocimiento, y estaba segura de que entonces ocurrió solamente por el gran miedo que me daba aquella gente.

Viéndole la cara de cerca, mientras me curaba con mucho cuidado las heridas de la cara pensé que era un hombre como otro cualquiera de la aldea. Tenía la piel oscura y el cabello gris. Olía a leña *ahumada.*

La choza era pequeña y parecía llena del olor del bosque. Por la ventana y la puerta entraban, como un viento, el color azulado de la hierba y los brillos rojos de allá afuera, donde el principio del otoño llenaba el aire.

– Bueno – dijo el guardabosques –. Esto ya está . . . ¡A ver si te vuelves más civilizada!

Se levantó del suelo, donde estaba de rodillas y dijo:

– ¿Por qué echaste a correr?

---

súbitamente, de repente.
vinagre, líquido que procede del vino.
ahumada, que ha sufrido la acción del humo.

Sentí que ya no tenía miedo. Otro miedo distinto era el que se me venía encima:

– Oigame – le dije –. Debe ser muy tarde ¿verdad?

– Las cinco – me contestó.

Me puse en pie de un salto, pero di un grito de dolor. Él se acercó a mí de nuevo.

– ¿Qué te pasa, muchacha?

Me dolía mucho la rodilla. Cogió mi pierna entre sus manos grandes y trató de doblarla, pero yo me oponía con todas mis fuerzas.

– ¡Que me duele, que me duele!

Se quedó pensando.

– Bueno – me dijo –. ¡Qué le vamos a hacer! ¡No te pongas así!

– Sí, me pongo – dije, haciendo todo lo posible por no echarme a llorar a gritos –. Me pongo así porque salí esta mañana de casa . . . y, cuando vean que aún no he vuelto . . . y cuando vuelva . . .

Me miró. Pensé que tenía unos ojos quietos y tranquilizadores. Pudiera ser que me salvase del castigo, si le hablaba al abuelo . . .

– ¡Si usted le explica a mi abuelo que fue un accidente y que a poco me muero . . .! A lo mejor le da pena y no pasa nada . . . El guardabosques volvió a quedarse pensativo.

– Oye – dijo. ¿Eres tú nieta de don Salvador?

– Sí – contesté (Y me callé un: «por desgracia». El genio de mi abuelo era conocido en todas las Artámilas.)

– Bueno, ya veremos – dijo –. Ahora, quédate quieta aquí. Dime, ¿tienes hambre?

Entonces me di cuenta de que sí, de que tenía mucha hambre. Y también de que hasta aquel momento no pensé en algo muy importante: que aunque no me hubiera encontrado el guardabosque me hubiera encontrado en un *apuro.* La verdad era que buscando flores me había perdido y no sabía volver a casa.

– Sí – dije –. Tengo hambre. Y además me he perdido.

No pude aguantar más y se me escaparon las lágrimas. Las ví brillar claramente y caer sobre mi vestido. El guardabosques me puso la mano en la cabeza, y así, bajo aquella palma áspera, conseguí calmarme.

– Mira – dijo el guardabosques –. Voy a llamar a Luciano. Mientras tú estás con él, avisaré a tu casa... ¡yo no puedo llevarte *a cuestas*!

Dije que sí, con la cabeza. Sabía, porque lo había oido, que Luciano era su hijo.

Nunca le había visto, y cuando entró en la *cabaña* quedé sorprendida: nunca vi una cara como la suya. Era de mi edad, o poco más. Tenía una pierna más corta que la otra, y eso era lo único feo de su persona. Llevaba el cabello muy largo y *lacio,* casi como una niña, de un color rubio dorado como no existía en la aldea.

– Hola – me dijo.

Vestía un traje muy viejo y muy roto e iba descalzo. Sus pies estaban endurecidos de andar sobre la tierra. Sus ojos redondos tenían un mirar fijo, brillante.

– Mira, Luciano – dijo el guardabosques –. *Entretén* a la chica, enséñale los pájaros... He de ir a avisar a su casa ... Se ha hecho daño en una pierna.

---

apuro, aquí, situación difícil.
a cuestas, sobre los hombros.
cabaña, choza.
lacio, liso.
entretener, aquí, hacer que la niña esté contenta y tranquila.

Luciano me miraba no sabía yo si con antipatía. Sus ojos tan quietos, casi me daban miedo.

– Bueno – contestó –. Sácala afuera.

El guardabosques me cogió en brazos y me sacó. Luciano iba delante, *cojeando.* En cuanto salimos a la hierba, el sol empezó a brillar sobre la cabeza de Luciano y sobre la tierra roja del *sendero.*

– Pronto vendrán los fríos – dije yo, que, *de pronto,* estaba muy contenta y sin saber por qué.

– Así es – dijo el guardabosques –. Pronto vendrán los fríos.

Luciano volvió la cabeza para mirarme. Desde los brazos de su padre vi sus ojos redondos llenos de sol y le tendí la mano.

– ¡Bájame aquí!

Me bajó con cuidado, hasta el suelo. Un vientecillo fino corría suavemente por entre los árboles.

– Estaros aquí, *pájaros* – dijo el guardabosques –. Aquí, hasta que yo vuelva a buscar a la muchacha.

Se fue hacia la choza, y yo le miré hasta que entró. Frente a mí, Luciano, rebuscaba algo entre la hierba.

– ¿Por qué dice 'pájaros', Luciano?

– Somos pájaros – contestó el muchacho, sin mirarme. El cabello le caía sobre el rostro, y yo casi no podía vérselo.

Luego se levantó y fue hacia uno de los árboles. No estoy muy segura de qué clase de árbol era. Apoyada en él, había una larga escalera de madera, y más alta, colgando

---

cojear, andar inclinando el cuerpo más a un lado que a otro.
sendero, camino estrecho.
de pronto, de repente, sin pensarlo.
pájaros, aquí fig. niños que pueden no ser buenos. Se dice también de las personas que no son buenas.

de las ramas del árbol, otra *escalera* de *cuerda,* que se movía suavemente por la *brisa.* Algo extraño había allí, que me detuvo toda palabra y todo pensamiento. Sí; era algo raro, quizá *mágico.* Por entre las ramas entraba un *resplandor* rojizo, de otoño, que *cautivaba.* Y otra cosa tam-

---

brisa, viento suave.
mágico, maravilloso, extraordinario.
resplandor, luz muy clara.
cautivar, atraer con fuerza.

bién: cuando Luciano llegó junto al árbol y puso las manos en la escalera para subir por ella, una algarabía salió de todas las ramas. Algo como una llamada numerosa, que atravesó el aire.

– ¡Luciano! – grité, sin saber por qué –. ¡Luciano, qué pasa!

Luciano volvió la cabeza. Sus ojos, serios, me miraron, quizá con desprecio.

– Los pájaros – dijo.

Vi cómo subía por la escalerilla, muy deprisa a pesar de sus piernas. Al llegar a su final, con un salto extraño, realmente de pájaro, se colgó de una rama. Y una vez entre las ramas, Luciano se movía con una extraña viveza. Más parecía que tuviera alas. Iba de una rama a otra, *silbando* una extraña *melodía,* que, por otra parte, no era música alguna: algo como una charla, aguda, *entrecortada,* hermosa, que se mezclaba con las llamadas de los pájaros. Vi como los pájaros bajaban hasta él, a sus hombros y sus brazos, a su cabeza. Eran los pájaros simples y oscuros, los pájaros pequeños de los caminos, y, sin embargo, ¡qué bellos parecían allí, *enrojecidos* por la luz de septiembre, gritando algo que yo no sabía comprender! Luciano, con la cabeza levantada hacia lo alto, silbaba. Se colgó de la escalera de cuerda y empezó a *balancearse* en el aire, lentamente. Tenía los brazos y los hombros cubiertos de avecillas grises y amarillentas, de aquellas alas

---

silbando de *silbar,* hacer pasar el aire por la boca con los dedos puestos sobre los labios, produciendo un sonido especial (= *silbido*) o una *melodía,* sonidos agradables o musicales.
entrecortada, entre- cortada, de forma no seguida.
enrojecido, que se ha puesto rojo.
balancearse, moverse de un lado a otro.

que brillaban y *batían* con un sonido de metal.

– Toma, para que comas algo – dijo el guardabosques, a mi lado.

Su voz casi me asustó. Sobre la hierba dejó un trozo de pan *moreno* y un *puñado* de *nueces*.

Luego se marchó. Luciano seguía balanceándose, colgado de las cuerdas. Su cabello largo y suave, lacio como una lluvia dorada, era hermoso.

– ¡Luciano! – llamé. Y una angustia dulce y extraña me llenaba –. ¡Luciano!

Pero él no oía, o no quería oir. La algarabía de los pájaros se hacía casi *ensordecedora* y me pareció que a nuestro alrededor todo brillaba de un modo *exasperado* y grande: la hierba, el cielo, la tierra, las flores. Pero sobre todas las cosas brillaba el árbol de Luciano con sus mil pájaros de oro. Sólo cuando Luciano dejó de balancearse, los gritos de los pájaros dejaron de oirse y la luz pareció *declinar*.

– ¿Son tuyos? – pregunté, mirándole.

– Sí – contestó él –. Míos . . .

– ¿Cuándo les enseñaste . . .?

– No sé – me contestó, bajando por las cuerdas. Desde las ramas, pasó al tronco, y de allí, por la escalera de madera, bajó al suelo.

– Ven – le dije –. ¡Cuéntamelo!

nuez

batir, aquí, mover las alas.
moreno, no muy blanco.
puñado, lo que cabe en una mano.
nueces, plural de *nuez.*
ensordecedora, que parece volver sordo al que la escucha.
exasperado, desesperado.
declinar, disminuir.

Se acercó despacio. Sólo al verle andar sobre la hierba recordé que tenía una pierna más larga que otra. Por lo demás era la criatura más hermosa que vi nunca.

– No tengo nada que contar – me dijo –. Nada. Ya ves ... son los pájaros.

– ¿Por qué dijiste antes que somos pájaros?

Luciano se sentó a mi lado.

– Porque lo somos – dijo, sin mirarme. Lo somos ... También lo era mi madre. Por eso. Todos somos pájaros. Unos malos pájaros, ¿sabes? No podemos ser otra cosa ... Los pájaros vuelven, también, con los fríos. Pero nunca son los mismos.

Yo no le entendía, pero me gustaba oirle.

– ¿Y yo? – dije.

Me miró despacio. Aparté mis ojos de los suyos, redondos y quietos, llenos de luz.

– También – contestó –. Todos.

Se levantó y fue hacia la cabaña. Volvió con un libro grande y muy sucio bajo el brazo. Estaba lleno de láminas que representaban toda clase de pájaros en colores. Fue pasándolas despacio, ante mí.

– Éste es el pájaro del frío ... éste el de los *trigales* ... éste el pájaro viajero, éste es el de la tempestad ...

Hablándome de los pájaros pasó el tiempo. Escuché la extraña historia del pájaro asesino y la del pájaro de los cementerios. La del pájaro de la noche y la del pájaro del mediodía. Luciano las sabía todas o todas se las inventaba. Porque aquello no lo veía yo escrito en ninguna parte.

– ¿Sabes leer? – le dije.

– ¡No me hace falta! – respondió.

Cuando Luciano cerraba el libro, vi llegar por el sen-

---

trigal, campo de trigo.

dero, entre los árboles, a Lorenzo, el aparcero mayor del abuelo. Traía a «Mateo», el caballo viejo. El guardabosques venía detrás, con su escopeta al hombro, mirando al suelo.

Lorenzo me subió en el caballo, y sin dejar de regañarme ni un solo momento, me devolvió a casa. Por el camino sentí calor en la frente, sed y una gran tristeza. Miraba al cielo y olía la tierra con un gran cansancio. Llegué a casa con fiebre, y eso me libró del castigo.

Estuve enferma algún tiempo. Cuando me levanté ya empezaba el gran frío.

El primer día que salí a la tierra iba conmigo Marta, la cocinera, a quien yo tanto quería. Me llevaba de la mano e iba contándome cosas de las *simientes,* de los *riegos,* de las cosechas. Mi mano iba en la suya, grande y el sol de la mañana, ya pálido, nos bañaba la frente.

Salimos a la huerta, y Marta dijo, señalando lejos con el dedo:

– ¡Habráse visto! ¡Habráse visto! ¡*Truhanes, golfos,* mal nacidos! A pesar del *espantapájaros,* una nube de pájaros se comían las simientes de los *surcos.* Marta les tiraba piedras. Corrí tras ella y quedé de pronto quieta y muda, mirando el espantapájaros que había puesto Lorenzo para *espantar* a los pájaros.

– ¿De dónde sacasteis esto, Marta? – dije. Y sentí un

---

simiente, lo que se siembra (sembrar) en la tierra para que nazca una nueva planta.
riegos, acción y efecto de *regar,* echar agua a la tierra para que las plantas crezcan (crecer).
truhán, golfo, mal educado, que no tiene vergüenza (= sinvergüenza) pícaro.
espantapájaros, surco, ver ilustración en página 102 y 40.
espantar, hacer huir.

miedo grande como una noche. Marta me miró y, como tenía por costumbre, me contestó con una pregunta:

– ¿Por qué te importa eso?

Sentí que mis labios temblaban.

– Porque esas ropas son de Luciano, el del guardabosques.

Marta se quedó triste, mirando al suelo. La piedra se le cayó de la mano. Entonces, como un grito, todos los pájaros volvieron y se *posaron* en los brazos en cruz del espantapájaros.

– Bien – dijo –. Ya que te diste cuenta . . . ¡qué no verá un niño, Dios! Así es: la ropa de Lucianín. Se la vendió el guardabosques a Lorenzo, porque le daba pena verla.

– ¿Y por qué? – dije, aunque mi corazón ya lo sabía.

– ¡Ay! – dijo Marta –. Así es el vivir: Lucianín se cayó de lo alto del árbol y se abrió la cabeza en el suelo. Sí, en este mismo suelo triste, que Dios nos dio.

posar, quedarse quietas las aves en un lugar después de haber volado.

Preguntas

1. ¿Por qué tenía tanto miedo la niña cuando vio al guardabosques?
2. ¿Puede hablar del guardabosques? ¿Y de su hijo? ¿Y de la vida que hacían?
3. ¿Ha comprendido usted el valor de la palabra pájaros cuando la emplea el guardabosques y cuando la emplean los niños?
4. ¿Qué relación existe entre Luciano y sus pájaros?
5. ¿Puede hablar del mundo interior de la niña cuando tuvo la experiencia del árbol de los pájaros de Luciano?
6. ¿Por qué tenía miedo la niña a su abuelo? ¿Por qué le parecía tan extraño el mundo de Luciano?

EL ÁRBOL DE ORO

Asistí durante un otoño a la escuela de la señorita Leocadia, en la aldea, porque mi salud no andaba bien y el abuelo retrasó mi vuelta a la ciudad. Como era el tiempo frío y estaban los caminos *embarrados* y no se veía a ningún muchacho por ninguna parte, me *aburría* mucho dentro de la casa, y pedí al abuelo asistir a la escuela. El abuelo dijo que sí y asistí a la escuela en aquella casita alargada y blanca, a las afueras del pueblo. La señorita Leocadia era alta y gruesa, tenía el carácter más bien áspero y grandes *juanetes* en los pies, que la hacían andar como quien arrastra cadenas. Las clases en la escuela, con la lluvia dando en los cristales y en el tejado y las moscas persiguiéndose alrededor de la bombilla, tenían algo *atractivo*.

Recuerdo especialmente a un muchacho de unos diez años, hijo de un aparcero muy pobre, llamado Ivo. Ivo era un muchacho delgado, de ojos azules. Todos los muchachos y muchachas de la escuela admiraban mucho a Ivo, porque Ivo llamaba la atención sobre su persona, en todo momento. No es que fuera ni inteligente ni gracioso, y, sin embargo, había algo en él, en su voz quizás, en las cosas que contaba, que atraía a todo el que le escucha-

---

embarrado, lleno de *barro,* lo que resulta de la mezcla de tierra con agua.
aburrir, aburrirse, cansarse de algo; aquí, por no tener con quien jugar.
juanete, hueso del pie que sobresale más de lo normal en donde empieza el dedo gordo del pie.
atractivo, que *atrae,* llama la atención o la voluntad y las gana.

ba. También la señorita Leocadia se dejaba prender por aquella *red* de plata que Ivo tendía a todos los que oían sus conversaciones y – yo creo que muchas veces contra su voluntad – la señorita Leocadia le encargaba a Ivo *tareas* que todos deseaban, o *distinciones* que merecían alumnos más estudiosos y aplicados.

Quizá lo que más se *envidiaba* de Ivo era la posesión de la llave de 'la torrecita'. Esta era, en efecto, una pequeña torre situada en el ángulo de la escuela, en cuyo interior se guardaban los libros de lectura. Allí entraba Ivo a buscarlos, y allí volvía a dejarlos, al terminar la clase. La señorita Leocadia se la *encomendó* a él, nadie sabía en realidad por qué.

Ivo estaba muy orgulloso de esta distinción, y por nada del mundo se la hubiera dado a nadie. Un día Mateo Heredia el más aplicado y estudioso de la escuela, pidió encargarse de la tarea – a todos nos *fascinaba* el misterioso interior de la torrecita, donde no entramos nunca –, y la señorita Leocadia pareció que iba a decir que sí, que se encargase Mateo Heredia de la tarea. Pero Ivo se levantó, y acercándose a la maestra empezó a hablarle con su voz baja y moviendo mucho las manos, como tenía por costumbre. La maestra dudó un poco, y al fin dijo:

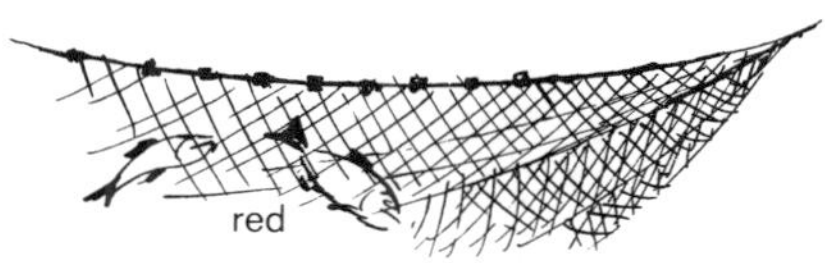

red, aquí en sentido fig.
tarea, trabajo que hay que hacer.
destinción, consideración.
envidiar, y tener *envidia,* tristeza de una persona porque otra tiene cosas que ella no tiene.
encomendar, encargar.
fascinar, aquí, atraer con fuerza.

– Quede todo como estaba. Que siga Ivo encargándose de la torrecita.

A la salida de la escuela le pregunté:

– ¿Qué le has dicho a la maestra?

Ivo me miró y vi brillar sus ojos azules.

– Le hablé del árbol de oro.

Sentí una gran curiosidad.

– ¿Qué árbol?

Hacía frío y el camino estaba húmedo, con grandes *charcos* que brillaban al sol pálido de la tarde. Ivo empezó a *chapotear* en ellos, sonriendo con misterio.

– Si no se lo cuentas a nadie ...

– Te lo juro, que a nadie se lo diré.

Entonces Ivo me explicó:

– Veo un árbol de oro. Un árbol completamente de oro: ramas, tronco, hojas ... ¿sabes? Las hojas no se caen nunca. En verano, en invierno, siempre. *Resplandece* mu-

chapotear, meter los pies en los *charcos,* (= agua detenida en un hueco de la tierra o del piso).
resplandecer, producir luz.

cho; tanto, que tengo que cerrar los ojos para que no me duelan.

– ¡Qué *embustero* eres! – dije, aunque con algo de inquietud. Ivo me miró con desprecio.

– No te lo creas – contestó –. Me es completamente igual que te lo creas o no . . . ¡Nadie entrará nunca en la torrecita, y a nadie dejaré ver mi árbol de oro! ¡Es mío! La señorita Leocadia lo sabe, y no le dará la llave a Mateo Heredia, ni a nadie . . . ¡Mientras yo viva, nadie podrá entrar allí y ver mi árbol!

Lo dijo de tal forma que le pregunté:

– ¿Y cómo lo ves . . .?

– Ah, no es fácil – dijo, con aire misteriso –. Cualquiera no podría verlo. Yo sé la *rendija* exacta.

– ¿Rendija . . .?

– Sí, una rendija en la pared. Una que hay. Me paso horas y horas mirando . . . ¡Cómo brilla el árbol! ¡Cómo brilla! Fíjate que si algún pájaro se le pone encima también se vuelve de oro. Eso me digo yo: si me subiera yo a una rama ¿me volvería de oro también?

No supe qué decirle, pero, desde aquel momento, mi deseo de ver el árbol creció de tal forma que me *desasosegaba.* Todos los días, al acabar la clase de lectura, Ivo se acercaba a la maestra, cogía la llave y se iba a la torrecita. Cuando volvía le preguntaba:

– ¿Lo has visto?

– Sí – me contestaba. Y a veces explicaba alguna otra novedad:

– Le han salido unas flores raras. Mira: así de grandes,

---

embustero, mentiroso.
rendija, abertura (de abrir) larga y estrecha que se hace naturalmente en la pared y que la atraviesa (atravesar) de parte a parte.
desasosegar, intranquilizar.

como mi mano lo menos, con los *pétalos* alargados. Me parece que es la flor del frío.

– ¡La flor del frío! – decía yo con asombro –. Pero la flor del frío es roja.

– Muy bien – decía él –. Pero en mi árbol la flor es de oro.

– Además la flor del frío crece al borde de los caminos . . . y no es un árbol.

No se podía discutir con él. Siempre tenía razón, o por lo menos lo parecía.

Ocurrió entonces algo que yo deseaba *secretamente;* me daba vergüenza sentirlo así, pero era así: Ivo enfermó, y la señorita Leocadia encargó a otro la llave de la torrecita. Primeramente la tuvo Mateo Heredia. Yo esperé su regreso, el primer día y le dije:

– ¿Has visto un árbol de oro?

– ¿Qué andas diciendo? – me contestó de mala forma, porque no era simpático, y menos conmigo. Quise dárselo a entender, pero no me hizo caso. Unos días después, me dijo:

– Si me das algo, te dejo un ratito la llave. Nadie te verá . . .

Vacié mi *hucha,* y, por fin, tuve la deseada llavecita. Mis manos temblaban de emoción cuando entré en el

pétalo

hucha

---

secretamente, de manera secreta, con secreto, en secreto.

cuartito de la torre. Busqué la rendija y la vi brillar en la oscuridad. Miré a través de ella,

Cuando la luz dejó de *cegarme,* mi ojo derecho sólo descubrió una cosa: la seca tierra de la llanura alargándose hacia el cielo. Nada más. Lo mismo que se veía desde las ventanas altas. La tierra desnuda y *yerma,* y nada más que la tierra. Tuve la seguridad de que me habían engañado. No sabía cómo ni de qué manera, pero era así.

Olvidé la llave y el árbol de oro. Antes de que llegaran las nieves volví a la ciudad.

Dos veranos más tarde volví a las montañas. Un día, pasando por el cementerio – era ya tarde y se anunciaba la noche en el cielo: el sol, como una bola roja, caía a lo lejos –, vi algo extraño. De la tierra *pedregosa,* entre las cruces caídas nacía un árbol grande y hermoso, con hojas anchas de oro: brillante todo él, cegador. Algo me vino a la memoria, como un sueño y pensé: «Es un árbol de oro». Busqué al pie del árbol, y no tardé en encontrar una crucecilla de hierro negro, *mohosa* por la lluvia. Mientras la ponía derecha, leí: IVO MÁRQUEZ, DE DIEZ AÑOS DE EDAD.

Y no daba tristeza alguna, sino, tal vez, una extraña y muy grande alegría.

---

cegar, impedir ver.
yerma, sin cultivo.
pedregosa, que tiene muchas piedras, más piedras que tierra.
mohosa, cubierta de *moho,* lo que se forma sobre un cuerpo de hierro por la *humedad* (= calidad de húmedo) u otras causas.

Preguntas

1. ¿Por qué veía Ivo un árbol de oro?
2. ¿Qué vio la niña por la rendija?
3. ¿Qué vio la niña en el cementerio?
4. ¿Cómo puede usted explicar ésto?
5. ¿Le ha interesado este libro?
6. ¿Cuál de las historias le ha interesado más y por qué?
7. ¿Puede usted hablar del mundo entre real e irreal en el que se mueven estas historias?
8. ¿Puede usted comentar el mundo de los mayores y el mundo de los niños en general? ¿Y en particular refiriéndose a la historia que más le haya gustado?
9. ¿Cómo definiría usted el mundo que presenta Ana María Matute en este libro de relatos?